KB093010

다석 유영모 시집 ④

마주 서니 좋아서

가가 함인숙·유유 김종란 편집

다석 **유영모** 시집 ④
마주 서니 좋아서

저자	유영모
편집자	함인숙 김종란
초판발행	2023년 7월 15일

펴낸이	배용하
책임편집	윤찬란

등록	제364-2008-000013호
펴낸곳	도서출판 대장간
	www.daejanggan.org
등록한곳	충청남도 논산시 가야곡면 매죽헌로1176번길 8-54
대표전화	(041) 742-1424 전송 (0303) 0959-1424

분류	기독교	인물	영성	시
ISBN	978-89-7071-619-0 03810

 값 15,000원

차 례

마주 서니 좋아서

1장 | 마주 서니 좋아서 ························· 43

마주 서니 좋아서 | 말 넣어줄 사람 없는가? | 선뜻선뜻 | 사람 울리니 | 따로따로 바로 하자 | 소리 베낌인가? | 갇혀선 살 수 없다 | 없어 좋은 걸 몰라! | 참 나라 찾긴 헛손질! | 먼지들의 바람 | 빛깔 타는 낯 | 답답해 답답해 | 헛나들이 | 가온찍기 삶 | 날 모른다고까지 | 알 수 없는 세 꼬라지 | 체면에 걸린 어른 | 눈길 걸으며 생각 | 어찌 두 길이 | 사람의 사귐 | 생각에 올라타라 | 봄날 기운 | 피 맑게 담가가는 이 | 사람 노릇 | 반딧불 밝다 하네 | 씨알 못살게 굴던 삶 | 나라가 숨 쉬도록 | 갈라서 보네 | 보고파도 없을 걸 | 풀은 풀이고 꽃은 꽃 | 죽음 너머 보다 죽음 이쪽에서 | 고작 한 말씀 | 알맞이 | 가르침 | 말씀 | 먼저 트였더냐 | 절대 굼벵이가 아니다 | 믿지는 장사들 | 삶 짧 짧 | 저 생긴 대로 | 하여금 하여금 | 걱정을 사는 걱정이들 | 솟으라쳐 깨어나야 | 솟

일러두기

1. 다석 유영모는 1955년 4월 26일에 본인의 사망예정일을 1년 뒤인 1956년 4월 26일로 선포했다. 그리고 1955년 4월 26일부터 일기를 쓰기 시작하여 1975년 1월 1일 날짜만 써 놓으시고 일기쓰기는 마치셨다. 1958년 1월부터 10월 8일까지의 일기는 유실됐다. 20년간 쓰신 자필 일기공책을 그대로 복사하여 『다석일지』 영인본 1,2,3,권에 실었다. 4권은 부록인데 친필 이력서, 수첩, 늙은이老子 한글번역, 미터법 해석, YMCA 강의 속기록버들푸름, 잡지 기고문 등 유영모 관련 자료들이 실려 있다. 2019년 3월에 펴낸 「현대어로 거듭난 다석 유영모 시집」 1,2권은 『다석일지』 4권 중에서 주규식이 받아쓴 속기록인 「버들푸름」에서 발췌하여 줄을 바꾸고 현대어로 다듬어 시의 느낌이 나도록 편집한 것이다.

2. 「현대어로 거듭난 다석 유영모 시집」 3,4권은 「다석일지」 1권에서 발췌하여 뜻은 유지하되 시형식을 빌어 창작한 것이다. 3권은 1955년 4월 26일부터 1958년 12월까지, 4권은 1959년 일기이다. 한시나 풀기에 어려운 일기는 제외하였다.

3. 다석은 신神을 '한웋님, 하늘님, 아ㅂ지, 아ㅂ, 아바디, 한아님, 한울님' 등 다양하게 말했다. 이 책에서는 다석이 품었던 신에 대한 부름의 느낌을 살리면서 다석의 독특함을 상징적으로 드러내는 '한울님'으로 사용했다. 다석이 하나이신 하나님을 강조하신 부분은 '하나님'으로 그대로 표기했다.

4. 다석이 일기에 쓰신 한자 앞에 읽기에 쉬우라고 한글을 달았다. 예: 366일전 三百六十六日前, 을묘 乙卯, 신 神 또한 간단한 도움말은 각주로 달지 않고 옆에 붙여 썼다. 예: 김정식 한국 YMCA 초대 총무, 주규식 법원 속기사로 1960~1961년도 YMCA 연경반 강의를 받아쓴 분, 1941년 51세

5. 성경은 대한성서공회에서 펴낸 『성경전서』 새번역판을 사용하였다.

6. 이 책의 이해를 돕고자 참고로 다석의 한글 풀이와 뜻 풀이를 실었다.

다시 태워서 밝힐 횃불

다석 선생이 돌아가신지 어언 40년, 직접 가르침을 받은 이들도 몇 분 계시지 않습니다. 다석 선생의 발자취를 새로 찾기가 어려운 때입니다. 이 때 다석 선생을 따르는 함인숙 씨알과 김종란 씨알이 선생의 말씀을 쉬운 오늘의 말로 풀어내어 책을 내었으니 참으로 고마운 일입니다.

다석 선생은 일생동안 진리를 추구하다가 드디어 깨달음에 들어가신 분입니다. 그는 많은 종교와 사상을 두루 쫓아 하나로 꿰뚫는 참을 깨달은 분입니다. 그는 온 생애에 걸쳐 열과 성을 다하여 '참'을 찾고 '참'을 잡고, '참'에 들어가고 '참'을 드러낸 '성인'입니다.

선생은 매일 하늘로부터 받은 말씀을 35년에 걸쳐 YMCA 연경반에서 제자들에게 전달하였습니다. 선생에게서 가르침을 받은 함석헌, 김교신, 이현필, 류달영, 김흥호 씨알들은 예수를 따르는 그리스도인으로 예수의 길과 다석의 '참'을 실천하며 살은 분들입니다. 오늘날 종교가 제 빛을 잃어가고 있는 지금이야말로 다석의 '참'은 그 빛을 다시 태워서 밝힐 횃불입니다.

다석 선생의 글월이 알아듣기 쉬운 말로 풀이된 이 책이 널리 읽히어 불안하고 외로운 이들이 사랑을 되찾아 평화로이 살기를 기원해봅니다.

(재)씨알 이사장 **김원호**

오늘도 다석을 만나며 산다는 것은

다석을 만나면서 항상 궁금한 게 있었다. 풀리지 않는 숙제같은 것이었다. 그건 다석이 죽을 날을 정해 놓고 지낸 1년은 어떤 심정이었을까? 그날이 왔음에도 죽지 않았을 때는 어떠했을까? 그날이 지나고 나서 그 다음부터는 어찌 지냈을까?

이번에 다석이 쓴 일기를 꼼꼼이 들여다보니 죽을 날을 정하면서도 심사숙고했다는 것을 알게 되었다. 11살 손아래 선생인 김교신의 죽음 앞에서 많은 생각을 하였던 것이다. 죽음 예행연습을 통해 깨달음을 얻고자 죽을 날을 정하고 보니 자신이 살 날수와 이승훈이 산 날수가 24,151일로 일치하는 것을 발견하고 이건 분명 하늘의 계시인 듯 기이하게 여겼을 것이 분명하다. 다석이 김교신, 유영모, 이승훈의 태어난 날, 죽은 날, 나이, 산 날수를 수첩에 기록해 둔 것만 보아도 알 수가 있다.

김교신金敎臣 일생1)

1901.4.18.	목요木曜	16079일
신구辛丘 2.30	병인丙寅	2297주
1945.4.25.	수요水曜	545삭朔
을유乙酉 3.14.	갑자甲子	45세

유영모柳永模 일생

1890.3.13.	목요木曜	67세
경인庚寅 2.23	계사癸巳	818삭朔
1956.4.26.	목요木曜	3450주
병신丙申 3.16.	계해癸亥	24151일

이승훈李昇薰 일생

1864.3.25.	금요金曜	24151일
갑자甲子 2.18.	사구巳丘	3450주

---

1) 다석이 들고 다니면서 쓰신 수첩에 기록되어 있는 것인데 『다석일지』 영인본 4권 59
쪽에 수록되어 있는 것을 옮겨 적은 것이다.

1930.5.9.	금요金曜	818삭朔
경오庚午 4.11.	사미巳未	67세

다석은 사망예정일에는 저녁 한끼 먹는 식사마저도 잊은 채 그 날을 넘겼다. 그 다음날을 살기가 쉽지 않았을 것이다. 그냥 살아야 하나? 고민하다 다음 죽을 날을 정하고 다시 한 번 더 살자 생각했지만 두 번째 죽는 날을 이젠 어찌 정할꼬? 김교신으로 인해 죽을 날을 정하고 살았는데 이젠 누굴 빗댈 수도 없고, 그리하여 완전수의 교합을 생각해 내신 것이 아닐까? 1부터 10 중에서 완전수는 1,3,9이니 이 셋을 이용하여 죽을 날을 생각해 보자하고 얼마나 많이 계산을 해 봤을까 짐작이 간다. 완전수 1,3,9 조합수 중에서 작은 수를 생각하니 139일. 그러나 더 완전하려면 139일 3번은 넘겨야 할 것 같았다고 본다. 그래서 139일을 세 번은 살아야 한다 생각하니 139 곱하기 3에서 417일이 나온 것이리라. 1956년 4월 26일부터 417일 뒤, 1957년 6월 17일을 사망예정일 이튿날로 정하게 된다. 이 또한 기이하고 재미있다.

그러나 죽음은 마음대로 되지 않는 법! 417일이 지나고 죽음예정일 이튿날을 맞이하였으나 하루를 다시 넘기게 된다. 이제는 죽음을 트고나가 살기로 작정한 것 같다. 417 숫자를 들여다보니 4는 죽음의 수, 1은 영어로 나도 되지만 하늘과 땅을 잇고 꼿꼿이 서 있는 나도 된다. 7은 일어섬. 내가 죽음을 트고 땅을 딛고 일어나 서서 다시 살아갈 맘을 먹었나 보다. 이리하여 이날 다석은 다시 살아난 부활의 아침을 맞이하게 된다. 이젠 죽음이 아니라 사는 날! 주님과 함께 사는 부활의 날. 다시 살아난 것에 감격하면서 시량록을 썼다. 시량록은 부활의 사는 날을 살기 전 열흘간을 예수님이 무덤에 계신 사흘간의 시간을 보내신 것이 아닌가하고 가늠해 본다. 1957년 6월 17일에 7일간은 제齊의 날, 3일간은 계戒의 날로 지낸 후부터는 하느님과 땅과 다석이 하나가 되어 살았다고 보여진다.

　1957년 6월 28일 이후는 더 이상 죽을 날을 계수하지 않았다. 살아온 날수와 율리안데이는 계속 적었고 그 외에 하루 이틀 사흘 나

흘 1,2,3,4, 등 새로운 날들을 적어가기 시작했다. 1977년에는 톨스토이처럼 객사하려고 집을 떠났다가 사흘만에 돌아오기는 했지만 더 이상의 죽을 날을 기다리며 사는 세월은 아니었다. 1957년 6월 28일 이후 24년 8개월을 더 살다가 마침내 1981년 2월 3일 '아바디!"하고 마지막 숨을 내쉬고 하늘로 돌아갔다.

유영모의 신앙생활을 따라가 보면 15살에 김정식한국 YMCA 초대총무의 인도로 서울 연동교회 교인이 되었고 20살에 평북 정주 오산학교 교장 이승훈의 초대로 오산학교 교사가 되었는데 이때부터 기독교를 전하기 시작했고, 이승훈을 교회로 인도하여 오산학교를 기독교 학교로 만들게 되었다. 유영모는 오산학교 재직 당시 톨스토이 영향을 받아 폭넓은 종교관을 지니게 되었다.

유영모와 주규식2)이 나눈 대화 중에서 그의 신앙관을 들여다 볼

---

2) 주규식은 서울 법대생 시절 다석의 YMCA 연경반에 참석해서 거의 2년간

수 있다.

주규식이 유영모에게 물었다. "선생님께서는 모든 종교의 진리를 말씀하시는데 그 차이를 알고 싶습니다. 선생님께서는 어느 종교를 신앙하십니까?" 유영모가 대답하시길, "나는 여러 종교 간에 다른 것을 찾아낼 겨를이 없어요. 여러 종교 간에는 반드시 공통되는 점이 있어요. 그 공통점을 찾아내어 인식하고 생활화하는 게 나의 인생철학이지요. 어느 종교가 제일 좋은가라고 누가 묻기에 종교는 누구나 제가 믿는 종교가 제일이지요."라고 대답해 주었어요."

누구나 자기가 믿는 종교가 제일이라던 유영모는 성경을 파고 판끝에 기독교에 몰입하게 된다. 1918년 1월13일28세부터 태어나서부터 살아온 날 수를 셈하기 시작하고 1941년51세 2월 17일부터 마음

(1959.11.6.~1961.11.17) 다석의 강의를 받아적었다. 그가 받아적은 강의 노트는 〈다석씨알강의〉로 박영호 풀이가 첨가되어 교양인에서 2015년 출판했다. 다석이 1961.12.21.에 옥상에 올라갔다가 낙상하여 서울대병원에 28일간 입원했을 때 병상을 지키면서 병상일지를 기록했는데 다음은 병상에서의 이야기이다.

의 전기轉機를 맞아 예수 정신을 신앙의 기조로 삼아 일일일식一日一食을 시작했다. 이튿날엔 종신토록 부부간의 성생활을 끊겠다는 뜻의 해혼解婚을 선언하고 잣나무 판자 위에서 잠자기 시작했다. 그 해 12월 5일 신앙생활의 기쁨을 시로 표현하였다.녹임의 기쁨 일일기온감 一日氣溫感

1942년52세 1월 4일 십자가의 빛을 보는 신비체험을 한 후 [부르신지 38년만에 믿음에 들어감] 이란 시를 쓰고 이날을 중생일로 삼았다. 1월 4일의 체험이기에 요한복음 1장 4절그에게서 생명을 얻었으니, 그 생명은 사람의 빛이었다을 자신의 성경말씀으로 받아들였고 일생 빛을 따라 사는 삶을 살게 된다. 중생 체험하고 일 년후 1943년53세 새해 음력 초하루 북악마루에 올라 천지인天地人 합일合一의 경험을 했다.

이번 시집을 내면서 다석의 신앙발자취를 조금 따라가 봤다. 그는 참으로 하늘의 사람이고 우주 안에 있는 자신을 깊고 넓고 높게 깨달으면서 올곧게 삶의 지평을 넓혀간 분이다. 진달래를 읊을 때도 '지려고 피어나는 꽃'이라 했듯이 사람은 애당초 처음부터 죽으려고 태어난 것이라는 깨달음 속에서 그는 날마다 죽고 다시 태어나는 부활역사의 반복을 살았다고 본다.

어려서 죽음의 고비를 넘겼고 서른 살을 넘기지 못할 거라는 의사의 선고를 받았고, 또한 열 세 명의 형제들 중에 열 명의 동생들 죽음을 가까이 봤다. 죽음을 다반사로 만나는 생애 속에서 죽음에 대한 남다른 통찰을 가지고 살았다는 것을 다음 말로 알 수 있다.

"종교의 핵심은 죽음입니다. 죽는 연습이 철학이요, 죽음을 없이 하자는 것이 종교입니다. 죽음 연습은 영원한 얼 생명을 기르기 위해서입니다, 사는 것이 사는 것이 아니요, 죽는 것이 죽는 것이 아니에요. 산다는 것은 육체를 먹고 정신이 사는 것입니다. 몸으로 죽는 연습은 올생명으로 사는 연습입니다."

오늘도 다석을 만나며 산다는 것은 나에게 크나큰 기쁨으로 밀려 온다. 하나님의 운행하심 가운데 예수도 다석도 그리고 나도 함께 어우러져 생명의 춤을 추고 있다.

편집자 **가가 함인숙**

장로회신학대학원, San Francisco Theological Seminary
전, 생명의강 교회 담임목사
전, 씨알재단 씨알공동체운영위원장
전, 1923년 학살당한 재일한인추도모임 공동대표
공저: 『단지 말뿐입니까?』, 『태양이 그리워서』
『죽는 날 받아놓았다지?』, 『씨알 한달 명상집』
riveroflife@hanmail.net

내 속에서 퍼 올린 글

다석 유영모 선생님을 처음 알게 된 것은, 2000년 가을 성천문화재단에서 발행하는 잡지 「진리의 벗이 되어」를 통해서이다. 마지막 페이지에 다석어록이 나오는데 다석의 말씀에 신선한 자극을 받고, 그 잡지를 정기 구독했다. 그 후 『다석일지』 등 다석 관련된 글을 찾아 읽게 되었다. 다석을 만나면 높은 산을 오르는 느낌이 들고, 어느새 탄성이 저절로 나오며 그의 글에 빠져든다. 2015년 봄, 씨알재단 사무실에서 열리는 다석 강독회에 참석하면서, 서로 생각을 나누는 귀한 시간을 누렸다.

이 시간을 통해서 내가 알아차린 것이 있다. 맛을 좇는 지식은 막힌 앎이라는 말씀이 따끔한 경종을 울려준다. 지금까지 얻은 온갖 지식과 정보를 내 속에 쌓아놓은 채 그 부요함에 취해있을 뿐, 그것을 밑거름 삼아 스스로 생각을 파고 파지 않았다는 자각을 하게 된 것이다.

이제는 내 속에서 퍼올린 말과 글로 살아내고 싶다.

이번에 가가, 평산과 함께 다석어록을 다듬는 작업에 참여한 것은 분명히 행운이다. 두 분에게 고마움을 전하고 싶다. 이 책을 통해 저마다 제소리를 내어 소통하기를 바라는 마음이 간절하다.

편집자 유유 김종란

성신여대 대학원(교육철학)
시인, 수필가, 영어강사, 씨알재단 회원
공저: 김종란의 시와 산문 English Interface,
『단지 말뿐입니까?』, 『태양이 그리워서』
refarm36@hanmail.net

티끌 하나에서 우주를 보라

대학생 시절에 함석헌 선생님을 통하여 다석 유영모가 함선생님의 스승임을 알게 되었다. 또 교회를 통하여 김흥호 선생님을 만나게 되었는데 다석이 또한 김흥호 선생님의 스승임을 알게 되었다. 함선생님은 잡지 「씨알의 소리」에서 다석을 소개하셨고 김선생님은 「사색」이라는 잡지를 통해 다석을 소개했다.

다석은 하루 한 끼만 드신다는 것과 날마다 살아온 날수를 계산하며 하루살이를 하신다는 소식이 인상적이었다. 김흥호선생님도 하루 한 끼만 드셨다. 그래서 나도 김흥호 선생님을 만난 지 10여 년 만에 스승으로 모시고 36세부터 한 끼를 시작했다. 결국, 일생 동안 다석의 신앙을 배우게 되었다. 이렇게 다석은 나에게 운명처럼 다가왔다. 함선생님 출생일이 3월 13일로 다석과 같다고 했는데 나의 출생일도 3월 13일이라 어떤 인연이 느껴졌다. 세상에 별로 알려지지 않았던 다석이 널리 알려지게 된 것은 1990년대 중반에 박영호 선생님이 국민일보에 다석을 알리는 글을 오랫동안 연재로 실었기 때문이다. 이때 박영호 선생님이 다석의 충실한 제자임을 알게 되었다. 그 밖에 성천 유달영 선생이나 도원 서영훈 선생도 다석의 제자임을 알게 되었다. 2017년에 타계하신 서영훈 선생님은 다석을 처음 만났을 때 소감으로 '이 분이야말로 참사람이다' 하고 느꼈다 한다. 다석의 글을 볼 때마다 그분의 말씀이 생각난다. 그의 글을 통해서 일생 참을 찾아 참되게 사신 분이라고 느끼지 않을 수 없었기 때문이다.

참이란 무엇인가. 우선 거짓이 없는 것이요, 속임이 없는 것이다. 그래서 참말을 하는 사람이 참사람이다. 날마다 수만 마디의 말을 하며 살지만, 그 속에 거짓이 얼마나 많은가. 나도 모르게 튀어나오는 거짓과 속임이 얼마나 많은가. 입에서 튀어 나오는 말을 깨어 성찰해보면 거의 무의식적으로 수없는 거짓이 나오는 것을 알 수 있다. 그래서 참된 사람이 되려면 우선 자기를 속이지 말라고 했다. 다석은 자기를 속이지 않는 사람이었다. '속은 맘 가죽은 몸'이니 몸의 집착을 끊고 마음에 속지 말고 참의 빛으로 살자는 것이었다. 맘에 속지 않으려면 컴컴한 속을 빛으로 밝히라는 것이다. 밝은 속알이 되어야 한다는 것이다. 빛이 참이다. 방이 빛으로 가득 참을 얻으려면 창문이 뚫려야 하고 방은 텅 비워야 된다. 다석은 텅 빈 마음에 얼의 창이 뚫려 참 빛으로 가득한 밝은 속알이 되자고 하였다. 밝은 속알이 되기 위해서 날마다 참을 그리며 살았다.

참을 그리며 사는 삶을 하루살이라 하였다. 하루를 진실하게 살자는 것이요 그 방법으로 일좌식을 실천하였다. 저녁에 하루 한 끼를 먹고 밤에 일찍 자고 아침에 깨어 기도하고 낮에 정직하게 일하는 것이다. 진실의 가을에서 시작하여 밤의 겨울을 지나 아침의 봄과 정직의 여름을 살자는 것이다. 참의 열매가 진실이다. 진실은 거짓 없이 순수하고 깨끗한 것이다. 꾸밈도 없고 거짓도 없고 있는 그대로 천연이요 욕심도 없고 의도도 없고 그저 어린아이처럼 생명이 약동하는 무위자연의 모습이다. 이렇게 다석은 거짓 없이 깨끗하게 순수의 빛으로 사는 정직과 진실의 참사람이었다.

다석이 강연한 말씀을 글로 옮겨준 선생님들 덕분에 다석의 인격을 이렇게 조금이라도 짐작해 볼 수 있다는 것이 얼마나 감사한지 모른다. 말이나 글로써 그분의 뜻을 다 알 수는 없지만 그래도 참사람의 말은 없어지지 않고 길이길이 우리 속에 새로운 획을 긋고 새 깃을 일으킨다.

가가 함인숙과 유유 김종란의 수고 덕분에 이처럼 주옥같은 다석의 말씀들을 접할 수 있게 된 데 대하여 깊은 감사와 존경을 표한다. 비록 다석의 말씀을 편린으로 접할 수밖에 없다는 한계가 있지만 그래도 참사람의 말은 참말이 되어 그 울림이 어디서나 가득 차고 피어난다. 피 한 방울로 온몸의 상태를 알 수 있듯이 진실한 말씀 한마디를 통해서도 우주의 참 진리를 알 수 있는 게 아닐까. 티끌 하나 속에 온 우주가 들어있다는 이 진실을 깨닫는 기쁨이 모든 독자들에게 전해지길 바라는 두 분 편집자와 함께 한마음으로 기도한다.

감수 **평산 심중식**

서울대학교 공대
동광원 귀일연구소장
고려사이버대학 기계제어공학과 출강
씨알재단 인문강좌 강사

4권

마주 서니 좋아서

1장 • 마주 서니 좋아서

1959.1월~

마주 서니 좋아서

마주 서니 좋아서 나 깨어있는 줄 알고
살아온 삶 보아서 나 있는 줄 아옵니다.

좋은 건 따라가되
싫은 건 안 보도록 하옵소서.

좋고 싫음 뒤바뀜에도
여전히 아름다운 삶
마침내 알게 되기를.

말 넣어줄 사람 없는가?

그이 숨질 때 이제 난 어떻게 해?
그이 숨쉴 때 난 같이 숨 쉬었는데!

꼭 맞게 똑같이 하나로 살다가
죽을 수 있는 너!
그런데 난?

알 수 없나?
그와 계속 알고 지내게
말 넣어줄 사람 없는가?

선뜻선뜻

참 마음이야
꼭 죽을 때 맞이하여
거침없이 죽자고 하는데!

날마다 때맞춰 살아갈 일에
몸서리치며 맘까지 사리는가?

몸의 본성은 게으름이거늘
일깨워서 볼 일
선뜻선뜻 선 듯이 하게나.

사랑 울리니[1]

자기가 하는 말에 저 스스로 느끼고
제 소리에 자기가 깨어나니
하늘이 주신 참 말씀이로다!

외마디 말씀
홀로 내는 소리 끝이 사람 울리니
무릎 아니 꿇을 수 없네!

참 말씀은 사람과 하늘을 하나되게 다스리니
말씀이 그를 되게 하였도다!

---

1) 원제는 '참 말슴 곧 한웋님'이다.
   *한웋님: 1956년 9월 10일부터는 '한웋님'이란 표현을 쓰셨다. 그 전에는 아부지(아버
   지)라고 많이 쓰셨다. '웋'는 하늘, 절대, 위라는 뜻으로 많이 쓰셨다. 한글에는 의미
   가 새겨져 있다고 보시고 한글풀이를 많이 하셨다. 사실 머리 위도 하늘이고 발아래
   도 하늘이라 '웋'자를 들여다보면 '우'와 'ㅎ'가 서로 거꾸로 만나고 있다. 위로 보나
   아래로 보나 같은 모양이라 어디에도 치우치지 않는 무소부재하신 하늘님을 표현하
   고 있다.

따로따로 바로 하자

우리가 우물우물 하는데
이제는 우리 더욱 잘들 해 보자.
이제부턴 함께 힘써
인젤랑은 따로따로 바로 하자.

인젠 난 몰라 다 몰라
뭔가 뭔지 아이구!

우리가 우물우물 하는데
이제는 우리 더욱 잘들 해 보자.
이제부턴 함께 힘써
인젤랑은 따로따로 바로 하자.

인젠 난 살림 손 났다.
옳게 바로 선 나는
뚜렷이 올라갈 것이다.

소리 베낌인가?

물소리 바람소리 메아리소리
녹음으로 전하고
앵무새 닭 개 사람들도
한 소리 하네.

제마다 말씀 씀이오.
또 다 소리 베낌인가?

마음먹던 뜻도 아닌데
소리내기에 앞서
위로부터 내려온 말씀
우리 안에 충만하네.

갇혀선 살 수 없다[2]

아! 난 괴로운 사람이로다
이 갇힌 몸에서 살 수 없다.

우린 못된 살붙이로다.
이 갇힌 하늘아래에서!

사울이 바울 되었다 해도
사망의 몸에 갇혀 있는 동안은
어쩔 수 없는 것 아닌가!

---

2) 로마서 7:24 아, 나는 비참한 사람입니다. 누가 이 죽음의 몸에서 나를 건져 주겠습니까?

없어 좋은 걸 몰라!3)

있다는 것은 있는 만큼 가진 만큼
갇혀있다는 걸 몰라.
많이 있으면 깊게 갇혀있는 것을!

있는 사람 부러워함은
갇히길 부러워하는 것임을!

저마다 안다는 분들
머리가 없어 이런 걸 볼 줄 있으랴!

---

3) 心學難學亦富 常不足 若不可臨深以爲高也(심학이 말하길 난해한 학문도 부와 같아
항상 부족함을 느낀다. 높은 산에 올라갔어도 깊은 바다에 있어도 마찬가지다.)

*心學(심학): 양명학(陽明學)에서는 '格物致知正心誠意修齊治平'이 치양지(致良知) 즉
심(心)으로 통일됩니다. 가장 중요한 것을 먼저 세운 다음(先立其乎大者) '성(誠)'과
'경(敬)'으로 보존하면 그것으로 끝이라는 논리입니다. 양명(陽明)은 말합니다. "너를
묶는 그물을 찢어라(決破羅網), 공자(孔子), 육경(六經)도 존승할 필요가 없다"고 선
언합니다. 물론 심학(心學)은 글자 그대로 주관적 관념론이라고 할 수 있습니다. 그
러나 우리가 이 심론(心論)에서 긍정적으로 읽어야 할 부분은 바로 '주체적(主體的)
실천(實踐)의 자세'라 할 수 있습니다. 인식이 실천의 결과물이라면, 그리고 그 실천
이 개인적인 것이든 사회적인 것이든 목적의식적 행위라는 사실에 동의한다면 신유
학에 대한 심학(心學)의 문제제기는 매우 정당한 것이라 해야 할 것입니다.([신영복
고전강독] 양명학 – 이학에 대한 심학의 비판|작성자 지광)

*왕양명(王陽明)은 심학(心學)을 집대성한 사람이다. 그의 일생에는 단지 두 가지 큰
일이 있었는데, 하나는 심학설을 완성한 것이고, 다른 하나는 교지를 받들어 출병하
여 토벌에 공을 세운 것이다. 왕양명의 심학은 실천면에서 이중성을 지니고 있는데,
한쪽은 사상적인 자유를 지적하여 자아를 개척하는 것이고, 동시에 사회적 구속을
강조하여 자아도 봉쇄한 것이다.[명대철학 (1) : 심학心學의 대가 왕양명王陽明|작
성자 suzhou8283]

참 나라 찾긴 헛손질!

내 나라[4]는 이 세상에 속한 것이 아니라 하신
예수께서 날마다 기도하시기를[5]
"하느님 나라가 이 땅에 이르소서"

큰 아메리카나 작은 덴마크[6] 같은 나라들이
돈벌이를 할 줄 아는데
이 땅에는 참 나라가 없다.

---

4) 요한복음 18:36 예수께서 대답하셨다. "내 나라는 이 세상에 속한 것이 아니오. 나
   의 나라가 세상에 속한 것이라면, 나의 부하들이 싸워서, 나를 유대 사람들의 손에
   넘어가지 않게 하였을 것이오. 그러나 사실로 내 나라는 이 세상에 속한 것이 아니
   오."

5) 마태복음 6:10 그 나라를 오게 하여 주시며, 그 뜻을 하늘에서 이루심 같이, 땅에서
   도 이루어 주십시오.

6) 양정고보 시절 5년간 류달영의 담임선생이었던 김교신은 이 무렵 우치무라 간조의
   '덴마크 이야기'라는 책을 선물한다. 농업국가 덴마크의 부흥 스토리가 소개되어 있
   는 이 책을 읽은 류달영은 "조선을 동양의 덴마크로 만들겠다"고 다짐한다. 해방 뒤
   인 1952년 서울대 농대교수 류달영은 피란지 대구에서 책 한 권을 펴낸다. 『새 역사
   를 위하여: 덴마크의 교육과 협동조합』이란 책이었다. 전쟁통에 찍은 이 책은 몇년
   새 26쇄를 찍어낼 만큼 큰 반향을 일으켰다고 한다.
   1961년 쿠데타를 일으킨 박정희는 류달영을 여러 차례 만나 "덴마크 연구에 조예가
   깊은 류 선생을 재건국민운동 본부장으로 위촉하고 싶다"고 밝혔다. 류달영은 재건
   국민운동 업무에 당시 군사정부(국가재건최고회의)가 간섭하지 않는 것을 조건으로
   직책을 수락한다. 그해 9월 본부장을 맡은 류달영은 덴마크 모델에 따른 국민운동
   계획을 수립한다. 그는 당시를 이렇게 말했다. "나의 숙소에는 1956년 덴마크에서
   사온 그곳 지도자 그룬트비 사진을 걸어놓았고, 출근 때마다 기도하는 심정으로 바
   라보고 나왔다."(류달영의 『소중한 만남』 중에서), ([다석 류영모] (24)"나는 공자보
   다 뛰어난 성인을 보았다". 아주경제, 2020. 2. 26)

하느님 나라가 이루어진 나라
누가 보았는가?
작은 나라 큰 나라
맘 다스릴 줄 모른다니!

우리는 곧 나, 나는 곧 우리
나나 우리가 둘 아닌데
나라 이름 만천하에 드러내려 하네.

하늘에서 잃고 땅에 와서
참 나라 찾긴 헛손질!

속살 훌쩍 드러낸 나라들이
맘 삭힐 수 없다면!

먼지들의 바람

먼지들의 바람이란 무엇인가!
무슨 미끼나 떨어질까 하고 바라는가?
시대마다 우물우물
씨알들의 자손들이 불어나고
바라는 이들은 뭐든 잘도 한다.

예부터 믿었던 나무에
곰팡이가 핀다면서도
한 턱 까불대면서 다니는데
마냥 기다리네.

하기 어려운 말 하는 건 하늘 올라 별 따기
학 타고 다니는 신선, 구름 타고 다니는 성인도
그려내 보았는데
앞질러 가는 마음에 이왕이면
하늘 미끼 주워 먹자!

무엇이 보고파서
날 저물도록 바란단 말인가.
굿 구경간 엄마, 장에 간 아빠
멀리 싸우러 간 장군이던가?

쏜 달이 돌아온 날에
하늘 짐 풀어놓을 줄만
기다리고 있는가?

빛깔 타는 낮

해가 난 낮에 내 낯에 금이 나서
넘나들 수 없게 기력이 쇠해지고
밤바람 잦아든 속알

홀로 저마다 제 스스로 자라서
가운데 길 찾아간다.

별난 별난 꼴 빛깔 타는 낮
그 무엇이 강하게 성질 부렸나!

답답해 답답해

낯 보느라 겨를 없어 누군가의 얼굴은 뒷 줄로 세웠나.
얼 못 보겠으니 얼어붙었나 말라 죽었는가 보라.
얼 빠진 이 세상에 사람 씨알 세울까.

낯에 낯 부비대고 아름답다 하네.
못 잊을 마음에 새로 박혀버린 임자 낯은
이 마음에 새겨둔 채 임자만 먼저 갔다니
얼굴로는 안 드러나서 우리 서로 소 본 닭처럼
서먹서먹 할건가.

낮 사귐엔 밤이 멀다하고 얼굴 밖에 세운 밤 사귐도
한밤 새길 멀다하고 낮에 사귀곤 바람 끊고
기나긴 바람 놓고도 삭독삭독 끊어낸다.

무엇이든지 껍질 벗겨 속살 먹는 사람들 되네.
물고 빨던 낯이라도 그 임자가 벗고 간 뒤에
그림자를 그리 그리워할까? 겉 사귐도 너는 모르는 듯.

밤에 낮 사귐은 밤이 낮같이 되어선가? 몰라!
낮 사귐은 가벼운 사귐! 얼골 못 들면 밤도!
이 말은 저녁에 들어간 사람 아니곤 못 들어가는 걸까.

내가 나 잊고 있으니 나 모르기도 첫째
나는 나를 몰라 봐서 안다고 하는 입버릇에

제 못 보는 제 낯은 모르는 듯 제 낯에
곱다 밉다는 남의 입에서 놀려대는 말!

자기를 모르는 주제에 자기 보면 바로 보고 알면 꼭 있는가?
이런 내가 남이 낮춰본 내 낯을 나라고 또 그러고!
죽은 뒤 생각해도 님만 아는 나!
낯만 알고 사는 삶 답답해 답답해.

낯을 보는 건 낮은 일이야 낯을 보아 얻은 게 없다.
남의 낯 보다 넘어지고 제 낯에 걸려 삭아진다.
나면서부터도 낯을 따르니
낯 붉히며 돌아다니는 일은 낮은 낯 보기다.

낮은 세상을 맛으로 맞이하는데 알맞이 해야 하고
높이 봐서 세워놓은 산이나 앞서 본 좋았던 것들도
다 그르다는 것을 깨달아!

오십에 나서 보니 49년이 잘못됐고
천세를 누린 들 구백은 잘못된 길!!

헛나들이

태어나서부터 환한 낮 같은 낯을 좋아했지만
죽어서는 헤어져야 하는 낯이야!

내 낯이나 남의 낯이나
다 떼어놓고 봐야 도무지 모를 낯!

짚으로 인형 만들어 보지만
공자도 쓸데없다고 했다!!

살아서 낯만 좇다가
죽은 뒤도 낯만 생각하느냐

얼굴 밖을 보았지
안을 들여다 본 일이 없으니
헛된 나들이 아닌가!

저들의 헛나들이
뭐라 알고 드나드는가?

가온찍기[7] 삶

누구든 이 세상에 나와서
낮은 낯을 쓰고
노름 놀아보니 어떠냐?

네 마음이 살아서 자라나
찾아온 참은 여기 있다!

낯을 벗은 짬 사이로 얼리고 달래는 한읗님
내 낯 벗으니 아버지께로 갑니다!!

---

7) 가온찍기는 욕심과 주장, 지식과 두려움을 한 점으로 찍고 빈탕한 데의 하늘로 솟아
오르는 것이다. 욕심과 주장, 지식과 생사의 두려움에서 벗어나면 빈탕한 데에 이
른다. 나의 생각과 감정과 주장을 한 점으로 줄이고 내가 하나의 점이 된다. 그리고
그 점의 가운데를 찍는다. 내 맘의 가운데를 찍으면 빈탕한 데의 하늘이 열린다. 맘
에 하늘이 열리고 맘이 하늘로 된다. 가온찍기로 뚫린 가운데가 줄곧 뚫리게 하는
것이다. 줄곧 뚫리면 하늘의 원기와 영이 들어온다. 성령의 바람이 불어온다. 줄곧
뚫려서 성령의 바람이 불면 위로 하늘, 하나님과 통하고 옆으로 이웃, 만물과 통한
다. 통하면 기쁘고 행복하다. 기운이 뿜어져 나오고 평화롭고 만족스럽다.(『다석 유
영모의 천지인 명상』, 박재순·함인숙, 기독교서회, 24쪽)

날 모른다고까지

멀쩡한 낯 갖고 가서 버리고
체면 깎이진 않았다며 온다.

얼 신고 다니면서
얼굴 하나 아니 들어 올리고 오네.

인제는 드디어 얼없는 너로
날 모른다고까지 하노라.

알 수 없는 세 꼬라지

대낮에 큰 거리에 나앉게 된
씨알들은 못 거둔 꼬라지

거리에 나 앉은 나라도
남만 높게 보는 또 다른 꼬라지

이따금씩 높다던 이도
거리에 나가 누워있는 꼬라지도 본다.

이 또한 못 봐줄 꼬라지다.

체면에 걸린 어른

빨리 걷자니 숨 차고
더디 가자니 짐 무겁다.

너는 짐이라곤 진 게 없는데
빨리빨리 타고 다니냐.

마찬가지로 제 숨 제가 차고 다니니
몸 무거워 짐이 된 날 생각하라.

저속한 낯에 걸린 사람들은
얼 가진 어른 되기 어렵다.

체면에 걸린 어른이란
어리석어 보이기 때문인 걸 어쩌랴.

온 누리에 고디 곧게 산 이가
어르신 하느님 뵐까 하노라.

눈길 걸으며 생각

빨지 못한 수건
남 앞에 내놓고 쓸 수 없는 나

닦지 않은 마음
자기 속에 담아둘 수 없는 너

깨끗한 흰 눈 앞에 검은 내 눈 번쩍 뜨여
몸과 맘 돌아 돌아보오.

어찌 두 길이

멀고 먼 사랑 그리워
옆에 고운 아내도 모르고 산다.

낮은 데 있는 아름다움 이루려다가
높고 깊은 아름다움 몰라라 한다.

이끄심을 느끼는가 못 느끼는가에 따라
이렇게도 두 길은 갈라지는 것인가?

사랑의 사귐

사람의 사귐이란
가고 오던 차의 엇바뀌는 길목같이 잠깐

가장 가까이 스칠 때도
앞뒤 예의 차려 살피며 지나가야 합니다.

인사 치러야 할 때도
좁은 길목 스쳐 지나듯 조심조심할 일.

생각에 올라타라

틈내서 생각에 올라타라.[8]
세월이 그릇되이 돌아가니
조금씩이라도 틈틈이 일해야 한다.

한가해도 따로 쉴 틈이 없다.
오고 또 오는 세월 속
묵은 시간과 새 시간이 계속 바뀌어가니

날마다 생각으로 돌아가서
하늘 뜻 물어야 한다.

---

8) 에베소서 5:16 세월을 아끼십시오. 때가 악합니다.

봄날 기운

안개비 내리는 고운 날
시골길 걷노라니

장보고 돌아오는 마을 분들
마주보며 인사하고 헤어진다.

보기 좋구나
기쁜 소식 전하니
봄날 기운 가득 차누나.

피 맑게 담아가는 이

꽃답게 피워내는 이 있고
짓궂게 진물내는 이도 있다.

피 맑게 담아가는 이 있고
사납게 피 흘리는 이도 있다.

두 종류 사람들 중에
누구 얼9)이 자라나기 마련인가?

---

9) 하늘 숨을 쉬는 사람은 "하늘(太元)보다 높고 하늘을 먹음은 맘(바탕·바탈)보다 높고 넓고, 깊고, 크고, 비어 있으면서, 가득 찬 한 자리 이런 곳에 산다." 숨을 바로 쉬는 사람은 태양계를 넘어, 은하계 우주도 넘어, 허공의 하늘을 넘어, 하늘을 먹음은 마음보다 높은 자리, 성령이 충만한 자리에 산다. 그런 자리에서 얼 김(얼,**眞理**. 김, **靈氣**)을 맞으면 마음 문이 열리고 코가 뚫리고 귀가 뜨이며, 큰 기운이 온 몸의 세포들을 꿰뚫고, 땅과 바다와 온 우주를 하나로 꿰뚫는다.(『다석 유영모의 천지인 명상』, 박재순·함인숙, 기독교서회, 40쪽)

사람 노릇

나이 어리다고 앞뒤 헤아릴 줄 모르는 젊은이와
나이 많다면서 죽을 줄로 안 여기는 늙은이

나이가 많거나 적거나
사람 노릇 하기 어렵고도 참 어렵구나.

반딧불 밝다 하네

깊은 밤 총총한 별도
잊어먹고 살면서
얕은 낮 햇볕은
밝다 하는 사람아

밖 어둡다고 안에 들어가
반딧불 밝다 하네.

빛깔 갈갈이 갈라서 가둔
어둠을 왜 모를까.

씨알 못살게 굴던 삶

화살 받아 타고 나왔는가?
총알 맞아 지고 죽었던가?

민중인 씨알 못살게 굴던 삶도 삶인가!
아들 죽게 내달리던 씨알머리 없는 사람아!

이런 정신머리 다 씻어내고
체면 모르는 얼의 품 속에
깊이깊이 들어가고저.

나라가 숨 쉬도록[10]

가리가리 갈가리 갈라진 맘 갖고
오리오리 옭아맨 줄 풀까?

천 만들어 옷 짓고
열심히 길쌈 싸우듯 짬질하고

집집이 자기 생각 끊고
나라가 숨 쉬도록!

---

10) 원제는 '간디가 다시 와도'이다.

　　유영모는 일기에 자신의 생년월일과 함께 간디, 우찌무라 간조, 함석헌의 생년월일
을 함께 적어 놓기도 하였다. 그는 이들 세 사람에 대해 남다른 감정을 지니고 있었
기 때문이다. 유영모가 일일 일식을 한 것은 간디로부터 받은 영향인 것으로 보인
다.

　　간디는 자기 아들 삼 형제에게 학교 교육을 일부러 안 시켰는데 유영모도 자식에 대
한 학교 교육에 반대하였다. 그리고 무엇보다도 유영모는 간디의 금욕주의로부터
많은 영향을 받았다.

　　간디는 금욕생활을 하는 데 중요한 것으로 ①마음의 결심과 기도, ②먹는 것의 절
제, ③부부가 각각 다른 방을 쓰는 것을 지적하였는데 유영모도 이와 비슷하게 ①
하느님에의 복귀, ②하루 한끼 먹기, ③널판지 위에서 잠자기'를 실천하였다.(『다석
유영모의 동양사상과 신학』, 김흥호, 이정배편, 솔, 344~355쪽)

갈라서 보네

빛 갈라보니 에너지와 빛의 세계가 펼쳐지고
맛 갈라보니 영양과 식품 세계가 펼쳐진다.

소리갈이 음성학, 냄새갈이 화공학
갈갈이 갈갈이 갈라서 보네.

먼지갈이에서 과학이 나오고
갈봄갈이에서 농사학이 나온다.

옳은 이치갈이에서 윤리학이 나오고
성깔갈이에서 심리학이 나온다.

가르고 가르다 너무 갈라졌어.
다시 하나로 옭아매어야 해.
그래야 제대로 되는 거야.

옭아매면 꼼짝 못 할 줄 알게 되는데
바로 그게 온전하게 되는 거야!

보고파도 없을 걸

너 자기 자신을 보라.

남의 더러운 것과 못된 것
받아들이라는 게 말씀이다.

자기 못된 것과 자기 더러운 것들을
남의 것 싫어하듯 했더라면
얼마나 좋을까?

저 죽고도 남을 놈 같은 놈은
보고파도 없을 걸!
눈 씻고 봐도 못 찾을 걸.

나 자신 먼저 살펴보는
세상 왔으면….

풀은 풀이고 꽃은 꽃[11]

풀은 마르고 꽃은 진다고 한다.

필 때는 꼿꼿하게 곧게 피는 꽃
살아있는 동안 푸르고 푸른 풀

꺾으면 너나없이 죽어가지만
풀은 풀이고 꽃은 꽃이었다.

---

11) 이사야 40:6~8 한 소리가 외친다. "너는 외쳐라." 그래서 내가 "무엇이라고 외쳐야
   합니까?" 하고 물었다. "모든 육체는 풀이요, 그의 모든 아름다움은 들의 꽃과 같을
   뿐이다. 주님께서 그 위에 입김을 부시면, 풀은 마르고 꽃은 시든다. 그렇다. 이 백
   성은 풀에 지나지 않는다. 풀은 마르고 꽃은 시드나, 우리 하나님의 말씀은 영원히
   서 있다."

죽음[12] 너머 보다 죽음 이쪽에서

그렇다 언제나 그렇다가 다는 아니다.
아니!로 되는 때가 있기 때문이다.

있다가 있다가 있다가 한다고 하나
있다가가 다는 아니다.
있다 보다 없어!로 되는 때가 있기 때문이다.

그러므로 물으렴 물어보렴 어디로 가나
눈뜬 채 눈 똑바로 뜨고
죽음 이후 보다 이 때 이 터 밖에 없음으로

죽음 너머 보다 죽음 이쪽에서
지금 여기서 풀어야지.

---

12) 믿음으로 죽음을 맞을 때 죽음은 새로운 생명의 세계로 들어가는 문이고 생명의 질
   적 변환이 일어나는 엄숙한 시간이다.(『다석 유영모』, 박재순, 현암사, 2008, 92쪽)

고작 한 말씀

속살 바탕은 걸차게 기름지고
거죽 허울은 그 얼답다.

맘 속 바탈 맑고 맑은데
열이 나서 고작 한 말씀 드린다.

하늘이 내시었으면
이렇게 없지도 않으련만.

알맞이

사람이 하늘 머리에 이고 땅 딛고 서니
어디로 가는 것만 같고
사물을 알아나가야만 갈 데를 갈 거 같다.

갈 데로 가야만 참일 거 같다.
사람은 밀고 믿어야 통할 거만 같다.
그래야 참을 찾을 거 같다.

참을 알려고 힘쓰는 것이 삶인 거 같다.
삶생生 잚장長 잚성成
태어나서 자라고 성숙해 가는 것이다.

가르침

하늘이 하라고 하고, 되라고 하는 바탈 그대로
틀림없이 가고 싶어져서 하는 말씀이
가르침이다.

말씀

그대로 되어진 것이 말씀13)

---

13) 말씀 언(言)과 이룰 성(成)이 만난 것이 성(誠)

먼저 트였더냐[14)]

밥[15)]이 들어가야 든든함 알고
힘이 나야 튼튼함 알듯이
사람은 우로 올라가야 든든하고
말씀이 트여 튼튼함을 차지한다

시인이여!
가고 못 올 데를 먼저 가서
튼튼함을 키웠더냐
말씀이 먼저 트였더냐

---

14) 시편39:13 내가 떠나 없어지기 전에 다시 미소 지을 수 있도록 나에게서 눈길을 단
    한 번만이라도 돌려주십시오.

15) "인생이란 밥을 통해서 우주와 인생이 얻는 영양은 무엇일까. 그것은 말씀이다… 밥
    에는 말씀이 있다. … 온 인류를 살리는 우주의 힘이 되는 성령의 말씀이 있다. …
    인생은 하느님의 말씀을 바칠 수 있는 밥이다." 다석은 여기서 밥과 육체와 말씀을
    결합한다. "인생은 밥을 먹고 육체를 기르고 이 육체 속에는 다시 성령의 말씀이 영
    글어 정신적인 밥 말씀을 내놓을 수 있는 존재다. … 목숨은 껍데기요 말씀이 속알
    이다."(『다석 유영모』, 박재순, 현암사, 2008, 119~120쪽)

절대 굼벵이가 아니다

굼벵아
싫고 좋고 간에 살이 닿아야 꿈틀대는 너냐?

나비야
바람에 실어 보내니 냄새 맡고 소리 맡고
가까운 줄을 아누나!

눈아
네가 보아 알도록 함은
신통하게 빠른 빛의 사도로 하여금
너를 알리고 알리고 알리는구나.
먼데 물건 못 보고 가까운 데 보는 근시
눈으로는 멀 뿐이라.

참 멀고먼 걸!
다 길게 기리고 기리고 기리는 말과
안고 지고가는 맘뿐이라.

내 사랑은 맘!
절대 굼벵이16)가 아니다.
굼벵이는 구년간 땅 속에 있지만
나는 잠깐이라도 날 수 있는
나비 같은 맘, 맘이다.
내가 사랑하는 맘이다.

---

16) 풍뎅이, 하늘소와 같은 딱정벌레목의 애벌레. 누에와 비슷하게 생겼으나, 몸의 길
    이가 짧고 뚱뚱하다. 다른 애벌레들에 비해 상당히 크고 화려하다.(나무위키)

밑지는 장사들

맛있는 날만 보려고 하고
맛없는 달은 아니 볼 건가?

이문 남길 일만 찾아 하고
밑질 일은 다 싫다 싫다 하니

죽는 날 뭐라 할 것이며
삶의 밑지는 짐은 어찌할 건가?

삶 잠 참

먼저 하느님 앞에서 여기 있는 우리
조상님들! 먼저 앞에 가셨습니까?
우리도 다 가야 하지 않겠습니까?
먼저 하나님 앞에서 옳게 잠자야 깨어나지요.

우리는 올바로 삶 잠 참을 살자
애벌레 시절처럼 잘 살아내고 삶!
고치 속에서 잠자는 시간도 잘 견뎌내고 잠!
나비 되어 날아다니는 참의 시간도 만나야 참!

이게 참인 거야. 참!

저 생긴 대로

있는 그대로 되어진 그대로
내버려 둔대로 만들었네.
제대로 그대로
맨몸으로 맨손으로 맹탕으로
저절로 지어졌네.

잘게 잘게 잘라져도 아! 하나야.
있이 없는 듯 없이 있는 듯한 것이
참인 거야.

있는 그대로 저 생긴대로!
지어나가는 짓은
덧붙이지도 짓지도 마!

찌란 찌는 모두 먼지를 잔뜩 주워가지니
그걸로 만들었다가는 거짓뿐이야!
없이라 맨바닥 허공이 참이다.

없다고 돌려보내면
도로 없이 있는 것이야.

하여금 하여금

하여금 하여금 하늘의 해로 하여금
살라는 명령 갖고 살게 하신 세상

밥으로 하여금 옷으로 하여금
다시 내게 짐 지고 살게 하시나?

밥과 옷으로 인하여
마음 놓고 못 사니!

걱정을 사는 걱정이들

걱정만으로 되는 게 아님
집이고 나라고!

큰 걱정 맡아 한다고 하다가
제 짐도 넘기는 것들!

큰 사람 내야 된다고 떵떵거리지만
그 자릴 가로챌 놈들만 키우는구나.

솟으라쳐 깨어나야

잊고 싶다 잊고 싶다 이 세상 잊고 싶다.
푹 자고 지나간 밤

일찍 일어나
일17) 알고자 날 알고자
일을 본 온전한 하루

솟으라쳐18) 먼저 하느님 앞에 올라감이 옳다.
솟으라쳐 깨어나서 솟아오름이 좋다.

솟으라쳐 깨어나야 2

온 날은 보고 하느님께 갈 날은 몰라!
간 밤엔 누구를 못 잊지?
먼저 본 일을 두고 여기서 볼 일 뭐 있는데?
솟으라쳐 먼저 하느님 앞에 올라감이 옳다.
솟으라쳐 깨어나서 솟아오름이 좋다.

---

17) 무슨 일이나 오늘 내가 해야만 할 일이면 그 일이 참 큰일이요, 참 귀한 일로 아는
    것이 옳다. 한 학과를 익힘이나 한 이랑 김을 맬지라도 크도다 나여! 귀하도다 오늘
    이여! 거룩하도다 일이여! 신성하도다. 오늘 내게 일로 살게 됩이여!"(『다석 유영모』,
    박재순, 100~101쪽)
18) 「솟으라쳐」 시리즈를 이어 읽으라고 2월 19일과 2월 20일 순서를 바꿨다.

솟으라쳐 깨어나야 3

먹자! 하자!로 온갖 일이 움직일 동안에는
고루 오름 보고 싶은 맘 제대로 펼 수 없어
솟으라쳐 먼저 하느님 앞에 올라감이 옳다.
솟으라쳐 깨어나서 솟아오름이 좋다.

솟으라쳐 깨어나야 4

고루 오름이 하늘 위에 있다는 게 그 까닭인 걸 모르는가!
땅에서도 철든 어르신 맞아 뵐 땐 그 까닭을 알게 되리
솟으라쳐 먼저 하느님 앞에 올라감이 옳다.
솟으라쳐 깨어나서 솟아오름이 좋다.

솟으라쳐 깨어나야 5

땅에 고루 오름 이룬 날만 하늘 빛 비치어 채워질 것이야.
그렇다고 하겠지만 잘못되면 앙큼한 말만 있게 된다.
솟으라쳐 먼저 하느님 앞에 올라감이 옳다.
솟으라쳐 깨어나서 솟아오름이 좋다.

참으로 궁금타

없다는 건 다 알지라.
없에서 나왔고 없에 돌아간다는 걸

있다 여기 있다.
산다 저가 산다.
이제도 저가 살고 저제도 저가 산다.

그러나 있다는 것이 궁금하고
끝날 끝도 참으로 궁금타.

자주 하늘 우러러봄을 잊게 하는 하이얀 낮!
낮은 낮에 태어난 나는 낯붉히며 맞는 누리!
모를 건 이 낯붉히며 맞이하는 이의 끝 모를 일

하늘 끝, 별별 끝은 해!
해가 하는 끝은 바로 일의 끝!
사람 끝은 일 끝!
제 삶의 끝은 항상 이제야!

이제 끝내야 해. 꿋꿋이 저마다 제 끝 살아야 해.
이제 제 끝도 모르고 뉘 끝도 모를 일이지만
저가 살아야 해.

목숨 밑지면서

끝없는 제 끝은 항상 모자라는데
이제 여기 살 뿐!

기름 바다 뛰쳐나와서
그 기름 깨끗이 주워 내다 팔려 해?
한복판 중심 없이 끝 보임 있을까?

이긴 끝, 진 끝, 남긴 끝, 밑진 끝
끝의 끝 다 타버려
이기고 남긴 끝 산다면서
목숨 밑지며 죽도록 사는 건 몰라.

끄트머리 살려고 한복판 뚫어버리면
이게 끝의 끝인가 하노라.

마지막 뉘우침

내 나라 내 집은 내 눈 밖에 난 얼음 숯19)이었소.
그런대로 돌아가길 기다림으로 모아진 맘도
참말로 한결같던 숨과도 인젠 헤어지게 되었소.

살려고 일 벌린 굳센 나라 틈 사이에서 무섭게 가운데 선 거요?
잡힌 생각과 터진 샘에 물들지 않은 빈탕 뜻을 낼 수 있나요?
아니요 도무지 아니요 인제라도 가온 뜻 님 받들어야 하오.

오래 오래 손님맞이 일에 일손 맞기만 하고
이승이나 저승에나 참말 좋고 참 좋을 것을
안다고 남 걸어 넘어뜨리고 널 가르친다고 내뻗치냐?

내뻗치며? 남 끌어뜨리냐? 내 속 남의 속 다 모르면서!
살도 피도 내 손님! 몸도 맘도 안 맞으면!
된 것이 뭣이란 말씀이냐! 없다 부질없다 한이 없다.

---

19) 시편 102:2~3 나의 괴로운 날에 주의 얼굴을 내게 숨기지 마소서 주의 귀를 기울이
사 내가 부르짖는 날에 속히 내게 응답하소서 대저 내 날이 연기 같이 소멸하며 내
뼈가 냉과리 같이 탔나이다.(냉과리: 덜 구워져서 불을 붙이면 연기와 냄새가 나는
숯, 민중국어사전)

정성스런 새 뜻

빈탕한 가온 맘이라야 빈 맘이고
내뻗침이라곤 없어야 새 뜻 나온다.

새 뜻으로 나오는 말씀이 한 얼 소리
선비들의 배움은 정성스런 새 뜻

요즘 말로 창의하는 새로운 생각이랄까.
차라리 근본 생각이라 하자.

2장 • 내버릴 자리

1959. 3월~

내버릴 자리

시세 흥정하다가도
제값 나오면 얼른 팔아치운다.

재물과 이해타산 없이 때 없이
절로 저절로 제대로는 못 간다.

자리 보는 때요
때 찾는 자리가 이승!

여월 때 내버릴 자리 찾아보아
내 죽음 맞이하리.

알맞이 나오는 것 같이

아버지 알짬과 어머니에서부터
알맞이 나오는 것 같이

멀고먼 저 알알은 드높이 있는 우주의 별들
우주의 큰 앎 알맞이하는 것과 같다.

이승 떠나 저승 넘어가는 일도
알음알음 지혜 만나는 것만 같아.

손에 반지 맞이하듯

두 손 들어 손에 반지 맞이하듯 하니
손이란 손 다 맞이하누나!

손 맞아서 일 보니
구김 없는 살림 살아지네!

올바른 살림으로 고디 곧장 올바로 서니
하늘 계신 손위 손님 맞이하게 되누나.

모든 때는 다 내 때

신 앞에 서서 이 세상 재어보라시면
자리란 자린 다 내 자리

늘 따스히 모시노라면
어느덧 모든 때가 다 내 때

돌이켜 보건대
모든 자리 내 자리, 모든 때는 다 내 때

땅 사서 농사지어 먹으면 살고
땅 팔아 먹으면 **죽음!**[20)

---

20) 다석이 글자 크기를 크게 쓰셨다. 강조하신 것 같다.

봄

아기집에서 눈 뜨고
땅 위에서 귀 떴구나.

말씀 아는 맘 되니
늘 살 길로 하늘 솟난다.

이 봄이 옳음직하니
여름 열매 맺혀 뵙고저.

어이 살아낼까?

한 알로 살아
거센 열강 나라들 틈에서 지낼 적에

묵어 내뻗친 생각과 바램
서럽게 말 샘 터져 나온다.

무섭게 빈탕 가운데
참을 어이 살아낼까?

더 볼 게 없어라

싫은 것도 있고 좋은 것도 있지만
본 바탈은 아니다.

뒤에서 떠들어도 말 못 하여도
더도 덜도 없다.

세상일 다 봐도
내 더 볼 게 없어라.

가온으로 돌아가오

너와 나 여기서 만난
그 시절 말인가요?

제가 하늘에 들면
하늘이 저기서 우리에게 온다.

맨 처음 떨려남은 낮인 탓!
인젠 도로 하느님께 돌아가는 우리.

돌아가오. 도로 돌아가오.
하나둘 셈 마침하여[21]
가온으로 돌아가오.

---

21) 다석은 가온찍기를 가고가고 오고오는 시간의 가운데를 찍는다는 뜻에서 하늘에서
   내려오는 기역(ㄱ)과 위에서 내려오는 것을 받아서 땅에 펼치는 니은(ㄴ)이 대각선으
   로 마주보는 가운데 한 점을 찍어서 가온ㅓ이라고 했다. 가온찍기는 시간과 공간
   의 한가운데, 지금 여기의 한가운데를 찍에 하늘에 이르는 것이다. 지금 여기 삶의
   한가운데를 찍고 중심을 잡아 하늘로 솟아 자유로워지고 앞으로 나가는 가온찍기는
   다석의 삶과 사상의 핵심을 이룬다. (『다석 유영모의 철학과 사상』, 박재순, 한울,
   155~156쪽)

남이 따로 있소?

너는 너를 넘어 나에게로 와라.
'나'나 '너'나 따지지 말라.
'우리'가 옳다!

우리말에 '그', '저'라고 하는데
삼인칭으로 불릴 남이 따로 있소?

하느님 계신 저기로 모두 가야 하는데
가온데를 잊고 하는 남이란 말은 마소.

뭣에 팔려 때도 모를까?

턱없이 앉힌 자리를 턱턱
언제까지 제 자리로 여기나?

덧없이 만난 때를 덧덧이
제 때로만 아는가?

금 긋고 뜀뛰기 장난일랑 그만하고
저녁 먹으러 와라!

삶이란 불지름

속도 겉도 더럽다는
세상 보면서도 살아냈고

맑게 밝게 깨끗이 살자고
나를 채찍질하며 늙었다.

삶이란 무슨 티끌마저도
불 살러내는 불지름인가!

답답하지 않다

답답하지 않다.
밖에서 알리는 소식 기다리지 마라.

남이 알려줘서 알 것이면
벌써 옛날 알았을 것을

토라진 아름아리 속내
못 잊는다는 건 못 될 말이다.

쑨 말씀 닳에 받아

티끌 아닌 티끌
먼지[22] 아닌 먼지로 된 세상!

맑거나 더러울 거 없는 터에
맑고 더럽잖은 참! 찾아서

맘 키울 먹이 알아차림이
이렇게만 된 말씀!

---

22) '몬'이란 물건이라는 말이에요. 그 물건을 누가 '몬'이라 하느냐? 물건이라는 걸 나
타내는 우리말은 죽었어요. 왜 죽었습니까? 물건 물(物)자, 한자가 너무 세력이 세
서, 한문자로 물건이라고 하거나 만물이라고 해야 확실하게 알아듣지 우리말의 '몬'
이라고 하면 몰라요. 그렇게 우리말이 죽었는데 아직 '몬'이 살아있는 데가 있습니
다. '몬지'. '몬지'라는 건 '몬'이 물건인데, 물건의 몸에서 떨어진 것이 '몬지'예요. 지
라는 건 떨어진 겁니다. '몬'이 지면 '몬지'에요. 그래 우리 몸뚱이는, 물건을 짊어진
몸뚱이는 뭘로 만들었는가? 살이라는 건 물건이야. 물건은 무엇으로 만들었나? 물
건은 흙이야. 그래 흙으로 빚어서 아담을 만들었다고 그러지요? 그러게 몬입니다.
몬이라는 말은 또 뭔가? 하나님 천지를 창조할 때 땅도 창조하셨어. 그러나 우리가
땅에서 살면서 보니까 흙을 뭉쳐서 둥그렇게 한 덩어리 뭉쳐 놓으셨어. 그게 땅인데
땅덩어리는 그대로 물건이 모인 것, 그래 땅덩어리, 몸덩어리 하는 그것은 흙이라는
거, 물건이라는 게 모두 모여서 한데 모아진 것입니다. 몬이란 이렇게 한데 모으는
거야. 몸이라는 것은 몬을 모아 놓은 거라는 말이야. 몸, 거기서 떨어지면 몬지, 그
래 '몬지'라 하여 지금까지 몬이라는 말이 죽지 않고 붙어서 살아있어요. 그래서 이
왕 우리말로 '몬'이라고 하자. (1971.8.15. 동광원에서 다석의 마지막 강의, 심중식
의 녹취록 중에서)

뜻 먹고 살리란 것

밥 먹는 덴 일 하고 일하는 덴 이뤄야 하고
이루는 덴 뜻 먹고 뜻 먹는 덴 웬일인지 알아야!
웬일이야? 따지고 보면 글쎄 먹잔 일인가?

이쯤 알기도 몇천 년이나 먹고 자는 일도 못 이뤄
주림인지 배 터짐인지, 먹는가? 먹히는가? 몰라
살릴 뜻 한갓 먹는 사람 금세 하늘 닿을 것이다!

뜻 먹고 살리란 것을 맛보다가 죽임!
인류 살릴 뜻 먹고는 제 피조차 흘려 사셨다.
죽 한 그릇 장자권 내다 팔은 아들 에서[23]야,

살릴 뜻이 하늘이란 건 옛날부터 우리 맘에 있어
우러러보는 바에 하늘 높은 뜻을 품지!
땅바닥 썩을 낟알만 팔아먹을 너란 말이냐?

---

[23] 창세기 25:27~34 두 아이가 자라, 에서는 날쌘 사냥꾼이 되어서 들에서 살고, 야곱
은 성격이 차분한 사람이 되어서, 주로 집에서 살았다. 이삭은 에서가 사냥해 온 고
기에 맛을 들이더니 에서를 사랑하였고, 리브가는 야곱을 사랑하였다. 한 번은, 야
곱이 죽을 끓이고 있는데, 에서가 허기진 채 들에서 돌아와서, 야곱에게 말하였다.
"그 붉은 죽을 좀 빨리 먹자. 배가 고파 죽겠다." 에서가 '붉은' 죽을 먹고 싶어 하였
다고 해서, 에서를 에돔이라고도 한다. 야곱이 대답하였다. "형은 먼저, 형이 가진
맏아들의 권리를 나에게 파시오." 에서가 말하였다. "이것 봐라, 나는 지금 죽을 지
경이다. 지금 나에게 맏아들의 권리가 뭐 그리 대단한 거냐?" 야곱이 말하였다. "나
에게 맹세부터 하시오." 그러자 에서가 야곱에게 맏아들의 권리를 판다고 맹세하였
다. 야곱이 빵과 팥죽 얼마를 에서에게 주니, 에서가 먹고 마시고, 일어나서 나갔
다. 에서는 이와 같이 맏아들의 권리를 가볍게 여겼다.

끼니 때 찾아 봄

아침 끼니[24] 줄곧 빨 때
으아! 들이마신 신의 기운 비롯이고

저녁 끼니 막음 뱉어
딸깍 내쉬는 숨 끝이거니

보름날 아홉끼 먹기?[25]
이 하루는 2500일쯤.[26]

---

24) 끼니는 끄니(끊이)라며 먼저 끊고 이어야 한다는 것이다. "끄니(끼니)믄 끊어야 하는 데 잇기만 하려고 한다. 끊는 것이 먼저이지 잇는 것은 나중이다.(『다석 유영모』, 박재순, 현암사, 2008, 120쪽)

25) 보름날 9끼 먹는 풍습이 있었는데 풍년을 기원하는 의미가 있는 것 같다.

26) 두닷즘 = 두(2) 닷 (5) 즈믄(1000) = 25,000일

제 턱 밑이다

가자 가 보자 앞으로
또 가 봐! 더더 가 보자!

시집 장가가서 봐도
시골 서울 다 가 봐도
죽을까 봐 살살 가 봐도
저가 간 사람살이 세간살이
또 제 턱 밑이다.

산으로 가 봐? 물로 가 봐!
섬에 가 봐? 별에 가 봐!
먹어 봐? 싸 봐? 눌려 봐? 깔아 봐?
이리 보고 저리 봐도 별수 없어.

볼수록 봄은 타 버리므로
눈멀어 주저앉기지.

바로 곧바로 님에게 나아가지 않으니
뵐 길 없지!

하늘엔 죽음이 없다[27)]

이 세상은 사람과 사람 사이
빈탕이란 물질과 물질 사이

빈탕에 들어있는 물질이거나
물질 사이에 있는 빈탕이라.

물질로 사는 삶이 곧 빈탕
삶 트고 살면 죽음 없다.

속알머리 없다기로 그토록도 없을 건가?
빈탕 들어가 늘 사는 걸
물질 끝 나가 저 죽는다니

하늘엔 죽음이 없다
씨알들도 깨달아라.
속알맹이들아 머리 들라.

---

27) 원제는 '사롬 새 누리(인간세人間世) 몬새한늘(물간공 物間空)'이다.
  * '사롬 새 누리(인간세人間世): "죽음이란 없다. 하늘에도 땅에도 죽음이란 없는 것
    인데 사람들이 죽음의 노예가 돼 있다." (『진리의 사람 다석 유영모(상)』, 박영호, 두
    레, 2001, 50쪽)

노인의 즐거움

풀 먹여 널어 말린 모시옷
한 여름 이야기

가을 다 간 겨울에야 풀 먹인단 말
다시 어디가 듣소?

풀은 죽고
말은 외양간에 들었는데

저가 저 만나보는 게
노인의 낙이며 즐거움이리.

이름 부르지 말고

하늘 계신 아버지께 이르는 길만이
거룩한 길이고 이게 참 말씀입니다.

그 밖에 이름이나 그려보는 것 갖고는
못 얻을 것입니다.

이름이 아니고 가온지기 우리는
하느님께 가닿아 이르는 것밖에!
길이 없습니다.

이름 부르지 말고
이루어 나가는 길로 갑시다.

변덕

앉아보고 싶은가?
보고 싶은가?
때 따라 다르거니

앉아 보고 싶어 하고
가서 주고 싶어 하는 터라

이 맘의 이랬다 저랬다
변덕이 죽 끓듯
있다 감을 물어 볼까?

사람살이

사람살이가 맛으로냐?
사람살이가 맞아서냐?
사람살이가 마침의 삶이냐?

삶으로 자라므로 참 찾아 나서고
정신 차려 살림 차려 참 찾아 나선다.

삶 잚 참

참 찾아 나선 길이 사람살이
살아 나왔으니 살아내야 하고
살아내니 잘 살아야 하고
잘 살다보니 참 찾아내어 사니
마침의 길 아닌가![28]

---

28) 이어 이 예 숨 쉬는 우리, 깨어나서 우리가 여기 나와 있지 않아요? 우리가 숨 쉬고 사는 걸 깨어나서 다시 느끼고 있지 않습니까? 어어 이 예 숨 쉬는 우리 밝는 속알에, 자꾸 밝아지고 밝아지는 속알에, 우리 영혼이 있는 그 속알에, 생명이 일어나 자라는데, 그렇게 자라나가면 한 국민이 됩니다, 한 백성이 됩니다, 한 씨알이 되는 것입니다. 이어 이 예 숨 쉬는 우리 밝는 속 알에 더욱 나라 찾음 이어지이다. 나라를 가져야 합니다. 나라를 잊어버리기도 많이 하니까 그거 찾아야 돼요. 나라를 찾자는 거예요. 우리가 망국이 안 되었어도, 길게 옛날부터 독립국이라 하더라도, 나라를 찾아야 됩니다. 그러니까 이 세상 나라만 가지고는 안 돼요. 영생의 나라, 아버지의 나라, 그것까지 가져야 해요. 그렇게 나라를 찾고 또 찾아야 하는 겁니다. 밝는 속알에 더욱 나라 찾음 이어지이다. 속알이라는 그것은 영혼인데, 영혼도 속알인데, 그것이 자꾸 길러져가지고, 그게 자유 독립을 하는 생명이 되는 거거든. 그렇게 해서 하늘나라를 차지하는 겁니다. 그러니까 '더욱 나라 찾음'이란 말이 그것입니다.(1971년 8월12일 목.오전 동광원에서의 마지막 강의 중에 하신 주기도문 풀이의 일부/심중식이 녹취하여 풀음, 내용 중에 살고 자라나고 찾아야 함을 강조한 글)

모를 일

남녀 만나 전신 흐리는 일도 모를 일
늙어 죽는 일도 모를 일

그 가운데를 알아내어 간다는 말은
더더욱 모를 말

비롯도 끝도 모르는데
가로 꼬여 뭘 알까?

하늘로 머리 둔 이여
고디 곧장 하늘로 줄곧 고디 위로 솟나

솟아오를 얼줄만 잊지 말고 그곳으로 가
얼 솟나서만이 참된 삶 볼까 하노라.

그들이 살아있는 곳

열 아들 길러낸 엄마
일흔 번의 여름 지내며 농사 지어낸 아빠

쌀값 늦춰 받고 자식 농사 밀어주며
맑고 밝게 바로 살아낸 이들

이치 깨달으며
죽어가는 이 건져내는

바로 그들이
살아있는 곳

성히 삶

안경 쓰고 지팡이 짚고
헛기침해 대면서
점잖은 듯 위세 떠는 지식인

속 헐어 쓰린데도
너나 할 것 없이 맛있는 거만 찾아다니며
먹어야 하는 듯 여김은

오래도록 성치 못하게 살아갈
운명인가 하노라.

맑음 마치다

사람살이 맛만 보려다가
마치라는 맛일까?

마침맞이 알맞이 만나서 보내므로
마칠 뜻을 알고
맛과 뜻 알맞게 맑음 마치게
뜻 맛보게 되네.

들어봐 맡아봐 먹어봐
만져봐 지내봐
모든 걸 눈 뜨고 똑바로 봐! 봐!

뜻 위해 살아 봤는가?
맛 위해 살아 봤는가?
맛 알자는 뜻인가?
뜻 알자는 맛인가?

맛과 뜻 알맞게 조화롭게 터득하니
마침내 맡은 사명 마치게 되었네.

이 세상 음미하며 비로소 바로 보게 되네.29)

---

29) 觀意味(관의미): 인도에서는 일식을 일중식이라고 하고 불교에서는 일중식을 점심
이라고 한다. 유 선생은 그리스도를 의의 태양이라고 보고 그의 십자가를 점심이라
고 보았으며 성만찬을 일식이라고 한다. 그는 그리스도를 보는 것을 견성이라고 하
고 빛을 보는 순간 모든 어둠이 사라지듯 그의 죄성이 사라지는 것을 속죄라고 생각
하였다. 죄성이 사라지고 땅에 집착이 없어져 일식일언 일좌일인하게 되는 것을 그

줄거리 말씀

이 세상은 아픔을 하도 많이 만들어내니
헤매고 있거나 아파하는 꼴 보기 맘 아프다.

즐거움30)이란 뭐란 말인가?
쩔뚝거리거나 똑바로 걷든 간에
세상 따라감은 아픔을 부르는 거다.

이 아픔 부르는 욕망 마침이
사랑이라 하는데 모난 게 없다.

이 아픔 부름 부르지 말잔 말이 일찍부터 생겼으나
이 줄거리 말씀이나 즐긴다면 모르지만
이 세상에 이 즐거움 말고는 없을 거야.

는 일이관지로 보고 그렇게 사는 것을 도라고 하였다. 도는 하늘을 사는 것이요 거
듭난 삶을 사는 것인데. 이러한 삶을 그는 청의미(淸意味)라고 하였다. 깨끗한 맛이
라는 것이다.([다석 유영모의 십자가 영성], 김흥호, 기독교 사상)

30) 가장 밑바닥의 식색의 성에 갇혀 있지 말고 벗어나 올라가려고 하지 않는다. 계속
거기에 붙어 있으려 한다는 것이다. 인간은 하나님이 주신 자유의지를 가지고 있기
에 식색에서 벗어나 더 높은 감성과 이성과 덕성과 영성을 추구할 수도 있고 식색에
빠져서 인간성인 그 천성을 잃어버리고 실성하여 금수만도 못한 지옥으로 들어가
멸망할 수도 있다. 올라가는 길은 고통의 즐거움이 있지만, 타락의 길은 즐거움의
고통이 있다. 올라가는 즐거움은 눈에 잘 보이지 않는다. 그래서 올라가는 그 길은
협착하고 좁은 길이라 한다. 그러나 진실로 기쁨과 즐거움은 올라가는 고통의 길에
있다. 그것을 볼 수 있는 눈을 가져야 지혜로운 것이다. 하나님께서 옆에 계셔서,
마음 놓고, 다 내버리고, 잊어버리고, 아주 죽은 거와 같이 세상을 잊어버리고 쉬게
하신 것이다.(1971.8.12. 동광원에서 다석의 마지막강의/심중식의 녹취록 중에서,
19쪽, 각주 10)

들입다 서러워

작은 '있'이 나와서
큰 '없'이를 업신여긴다.

나라라도 큰 이를 아니 모시곤
나랏일 하나도 못 하네.

없이 계신 이를 심심하게 보는
있이 있는 나는 들입다 서러워.[31]

---

31) 원제는 '있나 ㅣ 없나 ㅎ 계'이다.
　　*'ㅣ'는 하늘과 땅을 곧게 잇는 참 생명의 줄을 '이어나가는 사람'을 뜻한다. 하늘과
　　땅, 태초와 종말, 처음과 끝을 이어나가는 사람이다. 곧은 사람(ㅣ)이 땅(ㅡ)을 뚫고
　　솟아오르면 원대한 하늘로 두루 통하여 형통해진다.(『다석 유영모』, 박재순, 현암
　　사, 2008, 241~245쪽)

글씨 뚫고 들어가서

하늘이란 우주는 종이에 쓴 편지 뭉치!
헤쳐보니 얇은 꺼플들

꺼플마다 그린 그림32)
점, 선, 글, 뜻
므름 물음, 브름 부름, 프름 풀음
맛보고, 맞짱 뜨고, 마치려는
아주 작은 '있이 있는 나' 있어 나선다.

'있이 있는 나'의 작은 얼굴도
작게라도 참고되는 편지로 조회 한 점 긋!
남들도 다 같은 '있이 있는 나'이다.

읽으려고 읽으려다가 못 읽고, 뜻도 못 풀은 채 돌아가며
무슨 맛이나 볼까 하는지? 참으로 웃기는 일이야.

보다가 보려다가 볼꼴 없는 얼굴이여!!
알기 어려운 글, 때로는 얼 갖춘 작은 조히 한 점 긋!!

---

32) 유영모는 아버지 그리움으로 살았다. 그는 아버지를 그리고 또 그렸다. 아버지 그
   림이 글이라고 했다. 세상의 모든 글이 아버지 그리워하는 글이다…. 유영모의 글
   은 글이 아니고 그리움이다. "모름딕길 꼭 미듬" 야하웨 그리워 그립사와 기리우리
   이다. 하야우에 하이아 하야 해 우리 힘써해서 힘입히 속에들 나라 데께돌아 모심
   만! "님븳잔 계가온" 님 그린 기 나서기는 님닐 길가님 보입잠 님은 얼님이시오니 얼
   골속깊 드러셔야 으이아 아버지 외침 자리인가 하노라. 유영모는 글만 그림이 아니
   라 이 우주와 인생이 모두 그림이라고 생각했다.(『다석 유영모의 십자가 영성』, 김
   홍호, 기독교 사상)

저절로 나타난 온 한 빛 세상 꼴이란 한 조각 한 조각
'있이 있는 나'의 눈구멍으로 보라고 들이미는 조히 글월이여!!

누가 조히 글씨를 뚫고 들어가서 한없이 계신 하느님 뵈었나?
오고 올 뜻을 먹은 맘으로 살아가는가?
어디 갔나? 가졌나? 이미 간 나인가?

나는 간 것 같다. 여기서.

하늘의 목숨[33]

한 숨 쉬는 일생살이는 하루살이
하나 세고 또 세는 살이가 키 대 보는 삶인가?

쉼의 목숨값은 하루의 몫
사람의 목은 모두 하나의 몫인 것을 보라.

한 목음, 한 모금, 한 목숨
조히 조히 넘기는 하늘의 목숨!

---

33) 다석은 흙과 몸과 숨과 얼이 하나로 통한다고 보았다. 물질세계에 속하는 모모가
   생각하는 정신과 신령한 얼이 숨으로 통하는 것을 인간의 몸과 영혼에서 확인할 수
   있다. "흙이 우리의 오척 몸둥이를 일으켜 세웠다. 대기의 신소가 사람 노릇하라
   고 자꾸 내 호흡을 시켜준다. 그러한 가운데 마음은 만고의 옳은 뜻에 가서 젖으면
   이 목숨이라는 것에 영원한 얼이 일어난다."(『다석 유영모』, 박재순, 현암사, 2008,
   206쪽)

땅에만 붙은 울음

잡고 잡아가고 더러움 있는 지금 이 땅에서
해야 하나? 아니 해야 하나? 하는 말

채어가고 골내고 얼빠짐에 걸린 맘
몸대로 두나? 거둬야 되나? 하는 말씀
말·말·말 몇 천년 두고 울어온 우리 울음 어쩔꼬?

울다 울다 싫도록 울다가도 엄마 오면 그칠까?
도로 돌아오실 예수인가? 다음에 나올 미륵인가?
땅에만 붙은 울음은 그만 집어 치워도 좋다.

빈탕한 데는 울 엄마요, 울 아빠라 해도
껍데기, 땅 껍데기, 흙 떡, 체면에 우는 눈
거짓아! 속속들이 가짜를 받치고 있는 체면 버리오.

목숨의 턱받이

때라 하니 무슨 때?
지내곤 벗어야 할 허물[34] 때!

터라 하니 무슨 터?
땅땅 내놓고 죽어갈 터!

때 찾는 삶과 터 찾는 삶
목숨의 턱받이 벗을 날 오리라.

---

34) 가온찍기를 하고 세상에서 생명을 실현하고 완성하는 실천을 하려면 과거에서 벗어나 현실의 땅에 굳게 서야 한다. 다석에 따르면 인생이 무력한 이유는 과거사를 지나치게 과장하고 현재사를 비판하지 않고 장래사에 신념이 없는 탓이다. "과거는 과장하지 말라. 지나간 일은 허물이다. 나도 조상보다 낫다. 순(舜)은 누구요 나는 누구냐 … 죽은 이들은 가만 묻어 두어라. 족보를 들추고 과거를 들추는 것은 무력한 증거다."(『다석 유영모』, 박재순, 143쪽)

멈칫멈칫 또 멈칫

천만 해 억 조 사람이 천백 번이라도
다시 아담과 하와처럼 따먹으면 죽을 걸 낳느냐?
아담아! 죽겠다면서 뭣을 삶이라고 하는지!

먹은 맛 그리워하며 살아갈 뜻 보임 아닌가?
갈빗대 떼어다 붙여 만든 하와가 따먹으니
어쩔 수 없이 죽고 말 삶의 시작됨을 누가 알 노릇?
잡아먹고 집어쓰고 더럽혀 놓을 물을 어쩔까?

불이든 살이든 거머쥐고 도로 올라갈 판이다.
무엇 때문에, 이유 붙여 멈칫멈칫 또 멈칫
땅에 떨어진 부처의 말은 말일 뿐
어차피 되어봤자 망가질 일!

하늘은 네, 땅은 아니오

옛말 하나도 땅에 안 떨어진다고
어려서부터 읽었다.

땅에 붙은 소리 하니
옳고 그름의 하늘 모르는구나.

하늘은 네
땅은 아니오

으르렁대며 말썽 피우는 것은
하늘 버렸음이라.

보잘 거 없는 세상

눈 있으니 볼만한 거 보잔 노릇 아니고 무엇일까?
보잘것없다고도 볼만하다고도 하는 세상
몇천 년 살아왔는데 뭣이 틀렸고 무엇이 옳다더냐?

신이나 부처의 사람이 되어볼 만한 건 아닌가?
하느님 아들로서 온대도 차마 볼 수 없는 꼴 본다.
여기 있다 볼만한 것이란 거슬러 올라가 참 가온 길로 드는 일

낮에 하는 잠꼬대

남의 맘 믿어야 하고
기氣는 위로부터 받아야 한다.

내 맘대로
남을 함부로 어떻게 못 한다.

해 아래서 내 맘대로 해 보겠다는 것은
낮에 하는 잠꼬대

맘의 맘, 속맘을 믿어야 한다.
바탈35), 한 가운데로 가서
위에 계신 가온으로 나아가야 한다.

---

35) 생각은 나를 불사르고 하늘로 올라가는 것이다. 생각은 뜻을 사르고 바탈(本性)을
태움이며, 나를 낳고 앞으로 나아감이다. 뜻을 태우고 바탈을 타는 것은 천지인 합
일을 실현하고 완성하는 것이다. 땅(몸, 본능)과 사람(생각)과 하늘(얼)의 바탈, 본성
을 불태우고 바탈을 타고 하늘로 올라간다. 바탈은 몸과 생명과 정신의 본성이다.
바탈을 불태우면 바탈을 타고 하늘로 올라갈 수 있다. (『다석 유영모의 천지인 명
상』, 박재순·함인숙, 기독교서회, 64쪽)

하늘 느끼는 이

덧없는 세상에서 본 덫이 있다면
동물 치이는 덫

하늘은 모른다고 하더라도
안 묻고는 못 죽는 이

여기에 치여죽고 마는 삶은 삶이 아니므로
하늘 느끼는 이 되어야 한다.

저 글월이 내게로 온다

만물과 빈탕, 해와 달
맘과 몸, 죽음과 삶

저 글월이 내게로 온다.
하느님이 보내신 하늘 편지이다.
저 글월 내 다 받아 읽을 수 있어야

글월에 적힌 참 진리
착하고 고운
잊지 못할 하늘의 신비

입고 벗는 오솔길

글월 받아 하늘 비밀과 속알 의미 알아가고
속알 꾸러미 쌓이니 글월 나이 들어가네.

나이 먹듯 옷 지어 입고 먹성 즐기니
속알 알아가고 아름다움 알아가네.

이 꿈틀36)로 입고 벗는 오솔길
왜 이리 꿈길을 걷는지 모름이다.

---

36) "꿈틀거림"의 '꿈'은 '꿈을 꾼다'는 말이다.(다석유영모시집 1권 『단지 말뿐입니까?』
함인숙 김종란 편집, 대장간, 146쪽)

긁어 부스럼

산다고 하는데 무엇이 무는지
자꾸 물어 가렵다.

견딜 수 없이 가려워
자꾸 긁어 부스럼 만든다.

아파 죽겠다면서도
또 살아간다.

밥 먹고 옷 입고 집에 산다.
보면 말하고 싶고
밖이 싫다고
방에 앉아 문 열어놓고
울긋불긋 색깔에 취해
살자고 하다가 갈라서자고 한다.

돌아갑니다. 그저 돌아갑니다.
밤낮 긁혀 바퀴 휘휘 돌아갑니다.

가려움장이

흐릴 줄 모르는 해를
구름이 가려 얼 흐려져 산다.

안 가린 날 좋다 하고
가린 날 싫다 한다.

좋은 날 가려 보자는 것이
가려움인가 하노라.

가려짐을 안 가지려 하나
못 가려지게 하다가 더욱 가리워진다.
살 짓에 가리워져 속알 흐려진바
가려울 수밖에!

여봐라 가려움장이야
긁어 부스럼 되어 못 살겠다.

나 없으면 모든 게 없지

나
하나
없어지면 모든 게 없는 건가?
그럴 수 없다지만 나 아랑곳 안 한다.

모든 것인 데서
나 없으면 모든 게 없지!

하나에 하나를 넣으면 둘이라고 1+1=2
꼭 참을 아는 이, 곧 아들
가장 밝게 셈 차린다고 하는 이들

나
하나
하도 많은 나 하나는 모든 것 축에 든다.

나라에 가득 찬 것이 나냐! 누리에 가득 찬 것이 나냐!
늘 늘여서 영원히 나의 나날이야
하나에서 하나를 빼면 없다는 1−1=0
하도 많은 하나들
있다간 없을 모든 것들

하나에서 하나를 빼어 내어 세운 이는
하나 줄 셈으로만 없이 계신가? 아버지
있이 없나? 아들

기울어진 둘로 알지
바른 둘로 안 알아
하느님 아옴!
큰 나, 제계로 가는 이

모여들거나 나가거나
나거나 모이거나
하나둘 셈없이 하고
없이함에 하나둘 셈

하늘 맨꼭대기와 땅 맨꽁무니37) 알고
땅 맨 꼭문이와 하늘의 맨 꼭대기를 본다.

시작도 이른 시작이다.
마치기로 하고 이에 마침.

---

37) 유영모는 기독교의 본질을 죄와 인연을 끊고 하나님과 하나가 되는 것으로 보았다.
그리고 우리말 가운데 '꽁무니'라는 말을 발견하고, 죄의 문을 꼭 닫는 '꼭문이', 단
식(斷食) 단색(斷色)으로 항문을 꼭 닫아두는 성도(聖徒)를 '꼭문이'라 하였고, 죄를
회개하고 하늘나라로 높이 높이 올라가서 하늘 꼭대기에 올라가서 하나님과 꼭 대
어 하나님과 일치한 사람을 '꼭대기'라 하였다. 꼭대기는 그리스도 성인이다. (『다석
유영모의 십자가 영성』, 김흥호, 기독교 사상)

3장 • 남의 넋도 살린다

1959년 6월~

남의 넋도 살린다

살아서 말씀 살리는 것이지
무슨 이름 줄이고 조이며 어떤 생각 하는가?

줄곧 생각해서 금 그어주는 힘찬 말씀 깨닫고
살아보고 살려보며 좋은 생각 나게 한다.

저 너머 계신 말씀만 붙잡고
살아남아 남의 넋도 살린다.

그저 항상 거기에

제때 찾는 곳은 이곳
이곳 뜰 때 따로 뭘 까닭 있나?

조곰조곰 주금주금 죽어가는 것
살살 살아가다 사라져가는 사람!

그럴라믄 그럴터문 물음 쓸 때도 없고
그저 항상 거기에!

분향焚香

없이 계신가? 아바 아버지?
어서 가 봐 우리 아버지께로!

있다가 없어질 나 아들
하나님을 알고 하나가 되는 길만이

몸살을 목숨으로 피워낸 냄새
마음 살려내는 냄새

하늘로 올라가는 냄새
아버지 뵈옵는 냄새!

하나가 아홉을 만나

나라 이름 안 부르고
모두 하나같이 됐으면 좋겠다.

나 나서고 너 나서서 일곱 세우니
둘은 음양이고 다섯은 오행이라
덜 없게도 더 넓게도 갈갈이 갈라진다.

가장 두려울 것은 둘
혼자 삼간다는 것보다 둘!
둘의 맘 맞지 못하기도 하지만
둘이 맞으면 곱하는 힘으로 아이 있어 셋38)
또 일곱도 된다.

거룩한 하나가 아홉39)을 만나
처음과 마지막 맞붙어 춤춘다.40)

---

38) 한국인은 '나'와 '너'와 '그'를 아우르는 '큰 하나됨'을 추구했다. 우리의 전통 종교 문
화 사상을 담고 있는 『환단고기』는 한국적 사유의 기본 원리로서 "하나를 잡아서 셋
을 포함하고(執一含三)", '셋이 만나서 하나로 돌아간다(會三歸一)"는 원리를 내세운
다. 한국인에게는 하나와 셋이 중요하다 '한'과 '셋'의 일치는 '나와 너'의 대립을 넘
어서 그리고 '우리와 그들'의 대립을 넘어서 '나와 너와 그'의 서로 다름을 회통하고
귀일시키는 경향과 원리를 품고 있다.(『다석 유영모』, 박재순, 현암사, 2008, 333쪽)

39) "한아홉" 한을님 하옵신 참한 아홉는 게 뜻을 받할 받할뜻 앞으로 할 일 더 잘 할람
뿐이지요 그러니 한아홉만이 가온 인가 하노라.' 그는 십자가를 가온이라고 했다. 하
늘과 땅 가온이요 동과 서의 가온이다. 그는 열(10)을 한 아홉이라고 했다. 하나와 아
홉이 합쳐서 열이라는 뜻인데 하나님을 아는 것이 십자가요 하나님과 하나 되는 것이
십자가요 부자유친이 십자가다.(『다석 유영모의 십자가 영성』, 김흥호, 기독교 사상)

40) "속의 나는 참의 끄트머리다. 사람은 나라는 것이 무엇의 끝인가를 잘 알지 못한다.

꿈의 열매

좋은 꿈은 오래 못 꾸고
다시 못 꾸느니 꿈

무서운 꿈도 싫다 말고
뚫고 나가서 깰 꿈

꿈의 열매 버린 꺼풀에
불이나 붙으라지 활활활!

그리하여 모두가 처음이 되려고 야단들이다. 그러나 처음은 한아님뿐이다. 나는 한
아님의 제일 끄트머리의 한 긋(점, 點)이다. 우리가 참을 찾는 것도 한아님의 끄트머
리인 이 '긋'을 찾자는 것이다." … 참이란 이 긋이요, 이 긋이 참이다. 이 긋은 속나
요, 참나이다. 이 긋(점, 點)에서 처음도 찾고 마침도 찾아야 한다.(『다석 유영모의
동양사상과 신학』, 김흥호·이정배, 솔, 2002, 125~126쪽)

하느님 마음 한가운데

하느님을 알아야 이 세상에 한참 있다가도
해야 할 일 알아서 하고 하느님께로 가는 한 아이

이 세상에 났다 저 세상으로 들어가면
새삼 아무 것도 없나? 그런 게 아니야.

없이 계신 하느님 알게 되고
하느님 마음 한가운데 그 아들 있다.

여기 있어 없어질 수 없는 나는
아버지의 참 길 찾아 돌아다니는 한 아들

나라는 바로 될까?

있다가 없이 되는 이때
지난 일들이
그립기조차 하단 말인가?

나 없다고 남이 나 그립다고 할 건가?
출세해서 잘 사는 것이 나란 말인가?
이 세상 나무라기만 한다면 나나 나라는 바로 될까?

나와 남은 하나
너와 나의 나들이
하느님 아들 아는 가운데
세상 너머 계신 하느님 만난다.

말 안 되는 세상

밥 걱정만 하다보니
정작 밥 두고도 못 먹는 판

밥 먹자고 말 하다 보니
밥 걱정도 할 줄 모르네.

이래저래 들볶여 알맞이가 어렵다.
말 안 되는 세상!

잠꼬대라 할 밖엔

좋은 데야
모든 것이 그럴 듯해 보여서 그렇지
좀 언짢아 봐?
무엇이든 다 아니야! 모두 아니야!

얼숨 쉬는[41] 사람들 하는 소리가
잠꼬대인가 하노라.

---

41) 다석은 이처럼 날마다 새벽이면 깊은 명상 속에서 빈탕한 데 하늘로 올라가서 아버
지를 모시고 아버지의 말씀을 받아 깊이깊이 속알로 채워 알알이 깨치고 얼얼이 살
리고 일일이 일으켜 말씀을 사르는 숨살이와 말씀살이를 하였다.(「다석 유영모의 생
애와 믿음」, 심중식, 2015.10.8.이수포럼 발표)

이렇게 보는 이 꽤 많은데

웬만큼만 하고도 씨알 좋다고 하고 먹을래?

왜 힘써 사느냐?
밥 잘 먹고 옷 잘 입고 집 잘 짓고 살자고요!

잘 먹고 잘 입고 잘 짓고 살고 난 다음은
또 뭘 어떻게 하자고요?

밥과 옷 다 잘 하고 산 다음은 또 뭘 하나요?
그 잘 사는 게 그렇게 쉽게 잘 될 상 쉽잖거든!

숨길만한 길[42]

숨김은 숨길만한 길!
무엇과도 바꿔줄 수 없는 길

이 콧구멍의 목숨 김이야 그러하겠지만
그러나 여기 숨김 있다.

이 목숨 김은 아차 한순간 한 모금이나
옹근 숨 여기 붙었거니!

무엇과도 바꿔줄 수 없는 숨길
옹근 숨 소중하게 쉬며 생명길로 가자.

---

42) 마태복음 16:26 사람이 온 세상을 얻고도 제 목숨을 잃으면, 무슨 이득이 있겠느냐? 또 사람이 제 목숨을 되찾는 대가로 무엇을 내놓겠느냐?
마태복음 13:44 하늘 나라는, 밭에 숨겨 놓은 보물과 같다. 어떤 사람이 그것을 발견하면, 제자리에 숨겨 두고, 기뻐하며 집에 돌아가서는, 가진 것을 다 팔아서 그 밭을 산다.
누가복음 16:10~13 지극히 작은 일에 충실한 사람은 큰 일에도 충실하고, 지극히 작은 일에 불의한 사람은 큰 일에도 불의하다. 너희가 불의한 재물에 충실하지 못하였으면, 누가 너희에게 참된 것을 맡기겠느냐? 또 너희가 남의 것에 충실하지 못하였으면, 누가 너희에게 너희의 몫인들 내주겠느냐? 한 종이 두 주인을 섬기지 못한다. 그가 한 쪽을 미워하고 다른 쪽을 사랑하거나, 한 쪽을 떠받들고 다른 쪽을 업신여길 것이다. 너희는 하나님과 재물을 함께 섬길 수 없다.

흙을 때로 보는 사람아

사내아이 손발 거칠은 것은
종기 난 자국 아니건만
그리 보는 사람들아!

이들 손톱에 끼인 흙을
때로 더럽게 보는 사람들아!

활짝 핀 살이라 하더라도
화장하고 화장하니 개칠일 뿐이다.

너희는 개칠하다 말 흙때43) 인생!

---

43) 손톱에 끼인 흙을 때로 더럽게 보는 사람들은 흙을 만지며 사는 농사꾼들을 우습게
보는 사람들이다. 흙을 만지며 사는 사람들은 하늘을 그리워하며 하늘을 품고 사는
사람들이다. 사람 몸은 흙으로 빚어졌고 흙으로 돌아간다. 흙은 생명을 담고 있다.

품 늙었으나 떳떳하다

사람 살로 돋아날까?
나이 다 먹은 후에도
남은 여생이 있을까?
아무것도 없다.

세상 밝히 보고 맑히는 마음
세상 걱정 그만둔 마음
절로절로 걱정하지 않는 맘

나이 먹은 나나 남
다 덧없으니
본향으로 돌아가려는 맘
늘 떳떳하다.

보고 들을 게 없음을 알았다

시끄러움도 으스스한 고요함도
날카롭게 듣던 나였다.

밝음도 어둠도 재빠르게 보던 나였지만
고요함도 어둠조차도
보고 들을 게 없음을 알았다.

소리나 빛깔 세계에서
마침내 참 소리와 참 빛 찾았노라.

생각할 나위

사람은 말씀을 살려야 한다.
참 생각으로 정신 차려
태워 올릴 말씀 가져야 한다.

좋은 일 언짢은 일 보고 살다 죽되
넘어설 수 있는 생각으로 산다.

살기도 죽기도 하지만
넉넉하고 풍부한 생각으로
사뤄낼 말씀 가져야 한다.

손 맞잡은 벗

벗 우友자를 보고
손에 손 맞잡은 벗이라고도 하고
얼싸안은 말라빠진 새라고도 한다.

빗겨친 열 십十자는 손모양이고
또 우又자도 손모양이다.
둘이 붙은 게 벗 우友자이다.

벗이라면서, 죽고 못 산다면서
결국 서로 죽이는 사이 아닌가!

손 맞아 일하고 맘 맞아 사는 것 같다는 건
그럴듯하다고 할 수 있다.

살 마주 대하고 아이 낳고 사는 노릇이
서로를 죽이는 죽임새와 얼마나 다른가?

사랑은 사랑死郞인 줄 모르는가?

하늘 바깥으로

곧게 세울 기둥 기둥들
목숨을 실처럼 꼬아내고 일어서니 명건命健이다.

무거운 짐 싣고 질펀하게 누은 대들보
들린 줄 몰라하니 노력努力해야 하고

받치고 있는 돌과 땅
제일가는 기둥 밑이야말로 진중鎭重하다.

에누리없이 다 누리란 말 하는 이 누구뇨?
못난 나!
나 못 나서 남 못 보고
남이 나 같지 않다고만 불평하는 나!

솟나라 위로!
솟아날 하늘 바깥으로 날아들라.

많이 고프다는 사랑 때문에
될 성싶다가도 슬픔으로 여긴다.

고픔이여 미움이여 슬픔이여
나나 남이나 다 하나

시원하면 좋고 아프면 괴로운데
늠실늠실 산으로 올라가기도 하고
계곡으로 내려가기도 하는 삶이
다 꿈 아니겠는가!

그곳에 도달하리

이만하면 됐다고 하는 노릇
저만하면 됐다고 봤는데 이만저만이 아니다.

이만저만이 아니라고
야단법석한 끝에도

기다리던 그인 오지 않고
제 절로 돌고 돌아가면
그만 하느님 계신 그곳에 도달하리.44)

---

44) 다석은 이제 '이곳'으로 우주를 넘어선 '빈탕한 데'서 하나님을 모시고 매일 매일 돌아가는 '하루살이' 한 숨 살이를 일식, 일언, 일좌, 일인으로 살았습니다. 우주 밖으로 올라가서 우주를 품에 안고 우주 궤도를 돌아가는 '한숨', 우주 만물과 일체가 하나 되는 한 생명을 이루고, 이 세상을 초월한 '목숨 말숨 우숨'으로 영원한 생명과 인격을 키워내려 절대자 하나님의 말씀의 빛으로 이 세상을 고루 비추는 '말씀 살이'를 살았습니다. 다석이 자기 자신을 가리켜서 표현한 이런 말씀을 기초로 선생님을 소개했습니다. 다석은 하나님을 없이 계신 아버지로 날마다 아버지를 그리며 살았습니다. 늘 우주에 충만한 아버지의 사랑을 느끼며 그 사랑에서 오는 말씀을 생각으로 붙잡아 오늘 이제를 사는 영적인 아버지의 아들로서의 자각과 그리스도의 십자가를 본받아 자기의 십자가를 몸에 지니고 따르는 정행 즉 바른 길의 삶을 살았습니다. 다석이 그리워하는 하나님 아버지는 오직 한 분이신 참 하나님이었습니다. 그 아버지의 뜻을 이루기 위해서, 이 땅에 예수 그리스도를 보내주신 그 아버지의 뜻과 일치하는 삶이되기 위해서 골고다의 언덕 대신에 빈탕한 데 우주 밖으로 올라가서 아버지를 그리워 사모하고 생각하는 초월의 삶이었고 무름 부름 푸름을 통해 아버지의 말씀을 들으며 그 말씀의 빛을 이 세상에 비추는 것을 자기의 할 일이요 사명으로 삼아 이 땅에 내려와 종로 복판 기독청년회관에서 그 말씀을 전하는 말씀살이를 살았습니다. (「다석 유영모의 생애와 믿음」, 심중식, 2015.10.8. 이수포럼 발표)

곧은 날에 바른 밥 먹는

돌 쌓는 이와 재 바르는 이 다 같이
품일하고 값진 일 했고 돈 받아 갔다.

올라가 별 보는 다락
내려와 누워 자는 방
살림하고 불 때고 사람 맞는 터

곧 온 날 바른 밥 먹는 건
돌 쌓고 돈 받아 가는 일과
매 한 가지인가 하노라.

모름지기 삶

어느 때 무슨 터에서 뭘 하려는 지는
묻지도 풀지도 못 하고 다 모른다.

사람 살아가려면 모자랄 터이기에
땜 때우고 자라고 잠자는 것이다.

때 없다면 터는 있다더냐?
무엇 때문인지 몰라 하노라.

모름을 지키면서 자기 삶45)을
모름지기 열심히 살아내야 한다.

---

45) 시비선악을 따지는 것은 아는 것의 단초일 뿐이다. 정말 아는 자는 시비선악의 상
   대를 너머서 아무것도 모른다는 것을 아는 것이다. 모름을 묻는 것이 인생이다. 그
   러나 참 삶은 모름을 지키고 사는 것이다. 없이 계신 하나님을 우리는 모른다. 때와
   터와 뜻을 주시는 하나님은 신비다. 때와 터와 뜻은 하나님께 속한 것이지 우리가
   알 수 있는 것이 아니다. 그래서 겸허하게 모름지기 모름을 지켜야 한다. 나는 아무
   것도 모른다는 무지의 지가 될 때 비로소 나의 이성이라는 불은 꺼지고 하늘의 맑은
   별빛이 나타나기 때문이다…. 무름 부름 푸름으로 깊이 생각해서 자기 속알이 밝아
   지고 자기 정신이 깨어 신령으로 산 제사를 드리는 것이다.(「다석 유영모의 생애와
   믿음」, 심중식, 2015.10.8. 이수포럼 발표)

꼬물꼬물 자라나고

너의 바탕은 땅땅한 땅
당당히 밟고 서서
바탕 뚫고 바탈 키워나가야 해.

바탕은 하늘에서부터
받아가진 것이고

바탈은 하늘에서부터
받은 것 가지고 해나가야 하는 것

꼬물꼬물 자라나고[46)]
감알감알 알맞이 나아간다.

땅 박차고 하늘 뚫고 솟아오르고
아이들 무럭무럭 자라니
모두모두 가운데 길 찾아간다.

---

46) 가온찍기는 욕심과 주장, 지식과 두려움을 한 점으로 찍고 빈탕한 데의 하늘로 솟
아오르는 것이다. 욕심과 주장, 지식과 생사의 두려움에서 벗어나면 빈탕한 데에 이
른다. 나의 생각과 감정과 주장을 한 점으로 줄이고 내가 하나의 점이 된다. 그리고
그 점의 가운데를 찍는다. 내 맘의 가운데를 찍으면 빈탕한 데의 하늘이 열린다. 맘
에 하늘이 열리고 맘이 하늘로 된다.(『다석 유영모의 천지인 명상』, 박재순·함인숙,
기독교서회, 50쪽)

기도

잘못한 허물, 하늘에 빚진 것을
비켜 갈 데가 없다.

여느 날처럼 몸 쓸고 자리 쓸고 닦으며
사는 것이 기도47)하는 것

공자의 이야기가 아니더라도
내 기도한 지가 오래 되오.48)

---

47) 내가 기도하는 것은 내 손이 하늘 일 잘 해야지, 이 손을 갖다, 이렇게 하늘 일이 있
   다면 하늘의 일 붙잡아서 하고 싶다, 내 발이 하늘 길을 가는데, 이 발 가지고, 하
   늘에 길이 있다면 하늘을 이렇게 걸어서 디뎌보겠다, 내 속으로는 그거에요. 정말
   마음이 그러면, 땅을 암만 디뎌도 하늘 길 가는 데 디디는 겁니다. 나는 하늘 길 가
   려고 딛고 가는 거예요. 내 손을 갖다 이 세상일을 위해서 먹을 거 입을 거를 위해
   손을 쓰지만, 이 길이 하늘로 통하는 길. 영생의 길까지 통해야지요. 그런 길을 위
   해 길을 닦는 거예요. 겉은 땅을 딛지만 속은 하늘 길을 거닌다는 거예요. 거죽으
   로는 다 똑 같아요. 그러나 영원한 영생길이 되어서 이 몸뚱이를 내버린 뒤에도 속
   에 정신생명이 영생에 들어가고야 마는 이것이 크리스천입니다. 이것이 믿음입니다.
   (1971.8.12. 동광원에서 다석의 마지막 강의/심중식의 녹취록 중에서)

48) '子曰(자왈), '丘'之禱久矣(구지도구의) (충직忠直한 제자 '자로子路'의 말을 듣고
   있던) '공자(孔子)'께서 말씀하시기를, (나는 평소平素 하늘의 뜻을 받들어 천도天道
   에 어긋나지 않게 살아 왔으니) 나(구丘, 공구孔丘·중니仲尼)는 그런 기도를 (실천)해
   온 지 (이미) 오래 되었다네. 내가(구丘·공구孔丘는) 항상(恒常, 늘) 천지 신명(天地神
   明)께 기도(祈禱)하는 것처럼 경건(敬虔)한 마음으로 살아 온 지는 이미 오래된 일이
   라네. (자네는 빨리 미신迷信에서 벗어나 덕행德行을 쌓는 데 더욱 노력努力하게나.)
   − 論語(논어) 述而篇(술이편)/孔子와 子路.
   *子路(자로): B.C. 542~B.C. 480년: '공자'보다 9살 아래임. 춘추(春秋) 시대 '노(魯)
   나라'의 정치가, 무인(武人). '공자'의 주유 열국(周遊列國)시 끝까지 수행한 의리 깊
   은 핵심 제자.

밤새 자란 살림

눈 감고 코만 뜬 게
밤새 자란 살림이라.

코가 맥맥하고 한 눈 팔아
고달픈 게 낮 죽임을 보네.

밤낮 숨바꼭질하듯
숨 바꾸고 값 치르고
배고픔을 달고 다닌다.

무엇이 될까나

이 사람 자라면 되게 할까?
저 사람 나오면 바로 할까?

칠천 년이나 지나도 못 된 세상
되기는 무엇이 될까나!

새삼스레 될 거 찾지 마라.
이미 된 맘에서 빈탕한 데로 돌아가
찾아 가지면 된다.

우리 님 예수

언니[49], 님 되신 내 언니
따라가면 돼요! 돼!

따라가기만 하면 된다 하지만
아버지 계신 고향 땅 위의 일
참으로 잘 알고 가야 한다!

이대로 우리 울리면서 돌아가신 예수님
십자가 지고 가신 님

---

49) "언니가 본디 형이에요. 언니가 늙어 꼬부라져도 언니는 언니에요. 그런데 사람들이
젊어서, 어려서, '언니! 언니!' 하다가 좀 자란 뒤에는 '형님!' 이래야지 '언니!' 하면
점잖지 못하다고 생각해요. 또 요새는 점잖으면 미스터(Mr), 미스(Miss), 이래야지
그걸 못하면 그건 말이라고는 통 모르는 사람이라고 하지요. 일본시대에 '사마(樣)'
라든지 '상(樣)'이라든지, 그래서 김상(金祥), 이상(李祥), 그렇게 하면서 날뛰더니,
그것이 물리쳐 나간 뒤에는, 요새 또 미스터, 미스, 미세스, 그게 무슨 놈의 소리 입
니까? 아직도 멀었습니다. 아직도 멀었어요. 내거 남의 거 분간 못하는 거, 옳은 거
그른 거 분간 못하고 있는 것입니다. 그러니까 언니는 늙도록 '언니! 언니!' 해야 이
게 바로 되는 겁니다. 우리 집 언님께서는 이렇다. 이렇게 말하면 되는데, 형님은 무
슨 놈의 형님입니까? 이런 소리 할 적마다 생각이 나는데, 감정을 빼앗긴 거, 이게
망한 겁니다. 자기의 감정은 빼앗기지 않은 게 이게 망하지 않은 겁니다. 우리가 감
정을 빼앗기면 안 됩니다. 남의 세력에 밀려서, 남의 말이 내 말 이상 더 좋게 여겨
져서, 그걸 죄다 쓰면 그 감정까지 빼앗긴 겁니다."(동광원에서 1971.8.12. 마지막
강의 중에서, 평산 심중식 녹취록) 다석은 하느님을 아버지, 예수를 언니라고 많이
불렀다.

게 무슨 노릇

손잡고 입 맞추고 얼싸안던 님
마지막 거두고 씻기어 관에 넣어
흙 속으로 던진단 말인가?

일으켜 세운 오리목에 광목으로 관을 켜서
글월 마대에 걸었다가 뼈도 살도 허물어짐으로
불 사르면 재50) 한 줌이나 될지?

---

50) 죽음을 깨끗한 마침으로 보는 다석은 반드시 화장(火葬)을 해야한다고 했다. "혈육
　　의 근본은 흙이고 정신은 하늘에 근본을 두고 있다. 정신은 하늘에 돌아가고 몸은
　　빨리 흙으로 돌아가게 죽으면 재로 만드러 버리면 그만이다. 무슨 흔적을 남기려고
　　할 것 없다. 영원한 것은 진리의 생명뿐이다. 화장은 대번제(大燔祭)이다.(히브리서
　　9:12)(『다석 유영모』, 박재순, 현암사, 91쪽)

죽기로 살면서

밥맛 나고 살맛 나서
살림 재미 붙인다면 좋은가?

죽이고 찢어발기는데
누린내 언쳤구먼!

밥만 밝힌 입으로 밥 축내는데
쌀 길러냄이 턱없이 못 미친대.

너무도 쥐같은 인류

쥐들이 달달거리고 돌아다니는 집에
맺고 끊음없이 살아가니 쥐 아니고 뭐냐?

고픈 건 뱃속인데
지나치게 날름거리는 혀끝

들어선 아이 제물에 배 곯고
몸 마른 놈은 얼음 숯 연기만 피운다.

불이 불 잡아당기고

물을 물끄러미 보다가 다 흘려보냈다.
구름이 되어 더 피어오르겠지.

불이 불나게 불 잡아당기고
다 흩어버리고 재가 되어 쓰러진다.

물과 불의 쓰이지 못함과 어질게 쓰임을 묻고 물어
무름 부름 푸름으로 풀 수가 있다.

이것이야말로 진리를 앎이라 할 수 있다.

헐거워

내 아무것도 아니라고
알고 또 알 일이건만

불현듯 나란 것이
새어 나오는 것은 뭐람?

헐거워 헐거워
나 보기엔 내가 너무 헐거워.

얼 깨우는 약

우리가 받은 먼지, 맛, 냄새가
우리 몸에서만 멈추지 말고

털구멍으로 빠져나가
온 누리와 뭇사람들 몸에 펴들어서

얼 깨우는 약 같이 매 한 가지로 쓰여
세상 번뇌 풀어지이다.

흘낏 보아 고운가?

훑어보아 아닌가 하고
흘낏 보아 고운가 하고

지금은 어리지만 이 담에 꽤 곱겠다 하기도 하고
예전엔 퍽이나 고왔겠다고 하기도 한다.

이렇게 너무 높다랗게 쳐다보거나
바싹 다가가서 보기도 하는데
이게 다 꿈을 좇는 짓이다.

또 또 또!

다 아니다. 다 죽는다. 빈탕51)이다. 한데이다.
다 아니다. 다 죽는다. 오직 하나 그만이다.
줄곧 외운 한 고디 말씀은 이제 그만이다.

목 말라 물 달라고 묻다가도
불 타 없어지면 다 풀릴 것이다.

헌신짝도 못 버리다가
밑둥만 남은 등신 돼도 못 놓는다.

땅 파고 깊이 묻어달라고 부탁하는데
또 어디 쓸데가 있다고?
또 또 또!

---

51) 맘은 하늘, '빈탕한 데'이다, 맘은 하늘을 품은 것이다. 물질에 굴복한 맘은 물질의
   법칙과 집착에 매여 있으나 맘의 본성은 물질이 아니며 물질의 법칙과 집착에서 자
   유로운 것이다. 맘은 물질이 아니므로 빔이고 없음이다. 맘은 본래 비고 없는 것이
   므로 자유로운 것이다. (『다석 유영모의 천지인 명상』, 박재순·함인숙, 기독교서회,
   56쪽)

뜨겁게 맞이하리이다

사람의 참 어버이[52]는 누구인가?
낳아준 이인가? 육신의 피만 이어준 이인가?
낳지는 않았지만 얼만 이어준 이인가?

어머니 되고 아버지 된 이는
그 속 태우며 우리 가르치게 되기에 앞서
힘을 다해 우리를 기르게 되기에 앞서
그 눈에 불나게 아프기 전에
우리를 낳는 날 되기에 앞서
먼저 식을 올렸지요!?

눈물이 고일만큼 좋아라 했고
이보다 좋을 수 없는 즐거움을 맛보았으니
우리더러도 이 즐거움을 맛보라고 하니
반드시 그와 같았을 거지요!!

또 달리, 어버이 된 이들은
우리를 가르치되 그 속을 태우지 않고
눈에 불나는 아픔도 보지 않고
이제껏 삶이라고는 받은 일도 없고
오직 얼만 이어주려는 님들도 계셔요.

---

52) 원제는 '어베'이다.
　*어베: 정신을 낳아주신 어버이(심중식 해석)

예수, 석가, 노자,
현대로 와서는 톨스토이, 간디, 슈바이처 같은 이들
많이 낳아서 기를 것이 아니고
넓고 깊게 거두어 가르쳐 보자 하네.

이 담은 낳지는 않고 돌보아 거두어 가르치는
어버이를 가장 뜨겁게 맞이하리이다. 아멘.

이 아버지는 참으로 하느님이 보내신 이요.[53]
그 씨[54]를 믿고 오직 하나이신 하늘님과
그의 보내신 그리스도를 믿고 앎으로
늘 삶이 다 하나가 되어
하늘에 들어가는 길을 맞이하리이다.[55]

---

53) 요한복음 6:29 예수께서 그들에게 대답하셨다. "하나님께서 보내신 이를 믿는 것이
곧 하나님의 일이다."

54) 요한일서 3:9 하나님에게서 난 사람은 누구나 죄를 짓지 않습니다. 하나님의 씨가
그 사람 속에 있기 때문입니다. 그는 죄를 지을 수 없습니다. 그가 하나님에게서 났
기 때문입니다

55) 요한복음 17:3 영생은 오직 한 분이신 참 하나님을 알고, 또 아버지께서 보내신 예
수 그리스도를 아는 것입니다.
요한복음 17:21 아버지, 아버지께서 내 안에 계시고, 내가 아버지 안에 있는 것과 같
이, 그들도 하나가 되어서 우리 안에 있게 하여 주십시오. 그래서 아버지께서 나를
보내셨다는 것을, 세상이 믿게 하여 주십시오.

물의 네 가지 속알

뭇 세상을 씻기고
만물 위해 피 흘리니 어짐

맑혀 내놓고 흐림을 치워서
찌꺼기 말끔히 버리니 옳음

부드러워도 들기 어렵고
세지 않아도 이기기 어려우니 날램

내를 내고 가람을 뚫으며 꽉 차길 싫어해
낮게 흐르니 슬기롬

4장 • 하늘 열렸다는 날에

1959년 10월~

하늘 열렸다는 날에

우리는 그저 말 때문에 일 터문에 오를라면
말 바로 되고 일 바로 되고 올 바로 되어야 해.
아이고 단군 아버지 돌아가셨습니까?

말 안 되는 말로 말썽만 피지 말라 하면서
자기네들은 못된 일 하고 많이 먹겠다고 하네.
올바른 일, 바로 된 말 이 하늘 아래서 볼까요?

오리 오리 올올56)이 풀풀히 풀리는 실올이고
너와 내가 일일이 실실이 고루고 골라 천을 짜내니
하늘하늘한 하늘 당김 밖에야 얼킴이란 없는 거!

---

56) 모든 진리, 모든 이치를 우리말로 하자면 올입니다. 올. 그럼 올 중에서 무슨 올을
우리가 제일 잘 압니까? 실올입니다. 우리는 목화를 심어서 실올을 뽑을 줄도 알고,
실로 천을 짤 줄도 압니다. 그래서 그 올이라는 것은 사실 길쌈하고 바느질하는 아
낙네들이 제일 잘 알 것입니다. 또 남자로서는 목수나 미장이 하는 이들이 잘 알 것
입니다. 그들은 먹줄로 수평을 띄워 아무데서나 똑바로, 아주 반듯하게 놓고, 집을
바로 세우는 데 올을 바르게 씁니다. 이 세상은 올을 바르게 해야만 삽니다. 올을 바
르게 하지 못하면, 올바로 못하면 살 수가 없어요. 아무리 작은 것이라도 올바로 안
하면 안 됩니다. 올바로 하지 않으면 바느질 하나도 할 수 없습니다. 올바로 안 하
면 숟가락질 하나 바로 할 수가 없고 젓가락질도 바로 할 수가 없어요. 올바르게 해
야 합니다. 올을 가지고 그저 올바로 해야 됩니다. 진리를 찾아서 진리를 가지고 나
가야 됩니다. 두 말이 똑 같은 말입니다. (1971.8.12. 동광원에서 다석의 마지막 강
의/심중식의 녹취록 중에서)

그 얼을 왜 외롭게 하는가?

얼굴 낯익어서 아는 만큼 살라 했더니
글짝이 문 열고 얼 나가니 낯도 꺼졌구려.
님의 얼[57] 일찍 못 본 내 저승 삶이 알겠는가.

그림자도 없는 시간에 그림자 걸고 보자니
그렇게 보면 이승이란 그림자끼리의 잔치
낯 뒤에 얼굴 깊숙이 든 속알
그 얼을 왜 외롭게 하는가?

---

57) 아버지, 아버지, '예'를 예어 나가는 대로, 성신의 숨 돌리심이 저희들과 늘 함께 하심을 저희가 깨달으면서, 저의 숨을 돌리고 저의 말씀을 돌리고, 있게 하여 주시옵소서. 이것을 아버지 앞에 간절히 빌어가지고 아버지와 함께 성신이 돌리시는 목숨을 돌리고, 말씀을 돌리고, 움직여 나가는 '예'에서, 이제는 때, 때를 온전히, 온전히 깨닫고, '이제, 이제 영원한 과거가 통과하는, '이제! 이제!', 한 가지 해 가지고, 영원히, 영원히, '이제'를 '예'라는 자리에 두고, 늘 즉시, 즉시, 살고, 살고, 살고, 그렇게 나가서, 천년도 만년도 그렇게 살고, 아주 아버지 앞에 들어가서, 아버지를 모시고 영원한 온 우주를 통해서, 한 '예'에, 함께 모여서, 직접 성신 속에서, 참 빛 얼 속에서 아버지 모시고, 아버지가 저희 속에 잠겨 계시고, 그러한 그 참 목숨에 들어감을 얻어지이다. 오직 이것을 빕니다. 아멘. (1971.8.17. 동광원에서 다석의 마지막 강의/심중식의 녹취록 중에서)

이 세상의 질병

대관절 세상에 부귀공명이란 왜 생겨?
병든 세상에 약 써 주고 잘 고친다 이름나면
대접과 밥그릇 수북수북 쌓일 거 아닌가!

약값 안 깎고 의원께 넙죽 절하니
약장사 침쟁이 늘어나고 병은 병대로 많아지네.
두어라 부귀공명도 이 세상의 질병이라.

인생살이는 줄타기

나이 어려도 젊잖고 젊잖은
도 닦는 마음 싹트고

나이 많아도 한 구석엔
어리디 어린 육신의 마음 있다.

인생살이는 아슬아슬한 줄타기
저 고단하여 드러누워야 건너간다.

걱정이 태산!

걱정은 아무것도 없는 데서 나오고
쓸모없다는 데서도 나온다.

걱정은 많이 가진 데서 나오고
너무 많이 가져도 걱정이 태산!

몸뚱이 너무나 갖춰 가진 데서도
걱정이 나온다.

걱정은 또 다른
나와 마주 선 나라!

남의 살림에서 태어난 나
이제는 나를 태우고 살아내렴.

늘 살아갈 삶

하느님 계시기에 내 마음에 계시고
오는 님 계시기에 내 마음에 오시네.

나도 너도 그도 저도
아름답게 알맞게 맞이하네.

보내신 그리스도[58] 알아감이
늘 살아갈 삶.

---

58) 유영모는 성령을 숨님이라고 하고, 예수를 '이어이 수'라고 풀어 말했다. 수는 능력
을 의미한다. 그리고 그리스도는 '글이스트'라고 했다. 피아니스트라고 하듯이 글이
스트라는 것이다. 글은 진리요 진리 자신이 글이스트다. 글은 그리움에서 나온다.
하느님 아바지를 그리워하는 사랑에서 글이스트가 나온다는 것이다. "그리스도 예
수"라는 그의 노래에서는, '글 그리울 밖에 이어이 예수는 숨쉬는 한 목숨 이어늘 그
어록'이라고 하였다. 유영모는 그리스도를 한없이 사모했다. "그리움"이라는 그의
노래에서는, '그이 그늘 그리움이 그날 끈이 우에 높고 저 밤낮 맑힘이 저녁 그늘 아
래 깊더니 이 누리 건네여 제 그늘에 든이라.' 어떤 때는 그리스도를 그리스도록이
라고 풀어쓰기도 했다. '때는 하루를 세어온 예순날 닷새 우리 해로 모르고 모르는
가온 데로 타운 우리 터전에 예수여 그리스도록 우리 올흠 아아멘.' 또 그는 그리스
도를 '글보리 옳에 타낳' 이라고 표현하기도 했다. 글은 진리요 보리도 진리다. 진리
옳에 태어나온 한 송이 꽃피라는 말이다. 글보리는 갈보리라는 말이다.(「유영모와
기독교의 동양적 이해」, 김흥호, 다석 탄신 101주년 기념 강연, 1991.3.9.)

꼬박꼬박

목숨의 숨 벗고
말숨의 숨으로 바꿔
때 맞추어 갈아타야 해.

바꿔 타는 거와 마찬가지로
길 나서서 타야 할 걸.

바빠도 늦어져도
꼬박꼬박 타고 가야 해!

둥글둥글

물과 불 알맞어야
삶이 알맞게 풀어진다.

삶의 물 마르면
다시 불에 타 버린다.

풀 먹다 살찌고
고기 씹다 거름 되건만

물어서 불려서 풀어내고
거름 거둬 밭에 주니

거듭난 풀들은 열매 맺으니
둥글둥글 영원히 돌아간다.

맨꼭문이

아버지, 임금, 스승이라도
참 아버지, 임금, 스승 못 됨!

집, 나라, 세상이 세워지지 못해도
못 한다는 소린 죽어라고 않거든!

잘한다 해서 잘된 것이 어디 있더냐?
"그만하면 쓸 만하지"하고 써도
과연 한참 쓴다더냐?

"쓰지 써, 한참 쓰기만!"하면서
엎어져 살아들 간다.

아쉬워 그런대로 쓰지만

열 가지 모두 거짓!

썩 잘하기만 하면 아버지, 임금, 스승도 된다.

이 셋이 맨 꼭대기면 맨 꽁무니에 있는 이는

하나도 없지.59) 60)

59) 유영모는 "꼭문이가 없으면 꼭대기가 없다, 꼭대기가 없으면 꼭문이가 없다. 꼭대
기는 마음이고 꼭문이는 몸이다. 몸이 없이 마음 없고 마음 없이 몸이 없다. 몸몸
마음, 몸맘, 몸은 주리고 마음은 늘인다. 몸몸맘, 이것이 종교의 핵심이다"라는 말
을 할 때는, 유교의 핵심인 16자, "인심유위(人心惟危) 도심유미(道心惟微) 유정유일
(惟精惟一) 윤집궐중(允執厥中)"의 성리학적 해석을 덧붙이고, "산시산(山是山) 수시
수(水是水) 산부시산(山不是山) 수부시수(水不是水) 산역산(山亦山) 수역수(水亦水)"
의 불교의 중도(中道)철학도 빼놓지 않으며, "치허극(致虛極) 수정독(守靜篤)"의 노
장 무위자연(無爲自然) 철학도 빠뜨리지 않는다. 그것은 우리의 정신이 노장철학 천
년, 불교철학 천년, 유교철학 천년으로 길들여 왔기 때문이다.(『다석 유영모의 십자
가 영성』, 김흥호, 기독교 사상)

60) 마태복음 23:1~12와 마태복음 20:20~28을 참고하였다.
마태복음 23:3 그러므로 그들이 너희에게 말하는 것은 무엇이든지 다 행하고 지켜
라. 그러나 그들의 행실은 따르지 말아라. 그들은 말만 하고, 행하지는 않는다.
마태복음 20:27~28 너희 가운데서 으뜸이 되고자 하는 사람은 너희의 종이 되어야
한다. 인자는 섬김을 받으러 온 것이 아니라 섬기러 왔으며, 많은 사람을 위하여 자
기 목숨을 몸값으로 치러 주려고 왔다.

곧장 받는 수는 없을까!?

살아있는 생명들이
써야만 사는 빛은
어디서 나오나?

해가 나오면 빛이 많고
달에서 나오는 건 적으니?
해, 달 거치지 말고
곧장 받는 수는 없을지!?

빗으랍니까?
빚으랍니까?
비추랍니까?

빗고 빚어 비치울 셈인가!
하나둘 셈하는 가운데
물불풀 저절로

해나 달은 꽃 아닐까?

작은 별들이 해 달 같이 크겠는가 하고 보는
의아한 눈이 있고

천만년 지나야 이 눈에 들어오는
별빛에 놀라는 맘도 있네.

반딧불처럼 반짝이는 별빛이 별불이라면
해나 달은 꽃 아닐까?

불꽃빛 꽃불빛 빛꽃불
살살맛 맛맞살 삶

물살 불살 대살 눈살
빛살 더운살 찬살 삶

사랑으로 쏘는 살과 쏘이는 눈에 들어
맞아도 보고 맞춰도 봤을 텐데

물살 불살 대살 눈살
빛살 더운살 찬살의 삶이 아닌

살 없는 속알
그것이 참 빛이요 참 삶이다.

제자리로 가서 눕는 것

죽는다면 야단법석이지만!!
설 죽는다는 게야?

꼭 죽는다면 스르르 잠자듯이
가라앉을 것이 아니야?

이 길에 볼 일 다 보고
제자리로 가서 눕는 것일걸?

제 숨 끈

제 밥 제가 먹고 제 밑 제가 씻어야
제 몸 가누게 돼

제 머린 제가 못 깎지만
깎는 이도 더러 있어

의 위해 제 생명 끊는 이도
더러더러 있어

제 목숨 제가 끊는다는 건
모든 물음 풀고 하늘 뚫고 올라간 이.

이뻐도 낯짝

깨끗해도 흙, 이뻐도 낯짝
따습다 해도 피골61)이 상접

속 못 드니 참은 아냐!
얼 못 보는데도 님인가?

못 보고 안 뵈는 사이
알음알음 안다는 건 괜한 짓!

속 못 들지 말고 철들어서
얼 만나보고 참님 모셔 들이자.

---

61) 피ᅙ골: 꼭지 없는 ㅎ을 쓰셨다. 꼭지 없는 ㅎ은 '의' 라는 의미로 사용하였다. 피의
골

못 깨어날까?

다 처져 있는데
나만 높이 앉았다.

다 말랐는데
나만 많이 모았다.

다 안 되는데
나는 됐다.

다 못나도
저만 낫다 한다.

하늘로 높이 오르고
많이 모으고

모두 다 돼서 태어날 걸 하며
땅 파서 들어갈 꿈이나 꾼다.

생각과 말씀

생각이 늘면
말은 줄어드오.

나 보기에
알맞이들이 찾는 것은
가장 짧은 말로
아주 잘라 할 수 있는 말

그 한마디 말씀을
찾는 거 같소.

그러나 그거를 찾으면
알 만난 것이겠으니
생각도 말씀도 그치겠음이오.

그 한마디는
맨 처음부터 있었다는 말씀!
잘 잘못이 만들어지기 전으로 들이미오.

없이 아니 있을걸!!

갠 날 있는 궂은 날!

「있밖계없」이라 이름하는 이 말하기를
있는 거 밖에 없다! 없어지면 큰일 난다!!

「없않예있」62)이란 이가 되려 묻는 말
있은 어디 있나?

「있밖계없」이 또 말한다.
어디 있다니! 여기 우리 가지고 있는 거 말이지
없어지면 큰일 난다니까!!

「없않에있」 다시 말한다.
'있'은 아무것도 없을 거만 같은 없않

아주 멀다고 할 만큼 큰 없않
모든 것이 없어지기까지 않에 있다.

여기 있게 될 때 일은 나아지고
우리 문고리 없어지게 될 때 제 길에 들지!
오던 비 들어가시듯!!

---

62) 다석에 따르면 유교는 "우주의 근원인 무극을 잊어버리고 천상(天上)을 생각하지 않
   았기 때문에" 음양오행의 상대 세계에 병들고 발전하지 못했다. 유영모는 이렇게 말
   했다. "'없(無)'에 가자는 것 … 이것이 내 철학의 결론이다. … 이 '없'이 내 속에 있
   는 것이다."(『다석 유영모』, 박재순, 현암사, 2008, 346쪽)

「있밖계없」과 「없앓에있」
두 이름이 아니고 한 이름

'없'은 있게 되고. '있'은 없게 되는 날
갠 날 있는 궂은날
하나가 아홉을 만나 둥글둥글 돌아가듯!

생전 못 가져 본 걱정들!!

깨끗하게 입고 곱게 노는데
구질구질 구멍에서 새어 나오는 샘 걱정!

맛보며 실컷 먹고 사는데
배불러 터지는 것 걱정!

손 트고 배고픈 이는
생전 못 가져 본 걱정들!!

다 다 죽는다

잘 하자는 사람이
오히려 잘 못하는 사람 된다.

죽지 않고 잘 살아 보겠다는 사람이
다 다 죽는다.

사람의 몸은 그만두고
안 뵈는 마음에 한 금 그어
보이게 하는 데 힘써야 한다.

까만 빛

한두 가지는 아니해도 좋단 소리
들은 대로 하는 이 있다.

두세 가진 안 먹어도 좋단 말
들은 대로 하는 이 있다.

도무지 없이 생각 없이 지낸 이
파묻힌 숯의 까만 빛 생긴다.

잊을까! 잃어버릴까!

이 해를 잊고 살까?
이 해를 잃어버리고 살까?

온 해는 아니 뵈는가?
온 해는 잠자코 간 해

올가을에 햅쌀 잘 지어 먹고
간 해라고 나이 센다.

봄볕에 올올이 실 잣고
여름에 길쌈하고
가을에 귀뚜라미 귀뚤귀뚤

한 해 농사 잘 지었으니
잊지도 말고
잃었다고도 하지 마라.

잠자는 서른 해

잠자는 서른 해의 길고 짧음을
꾸벅꾸벅 조는 아이들은 몰라.

개인 하늘을 보고 '하!' 늘이라 감탄하는
깬 사람만이 하늘이 무한하다는 걸 안다.

단잠 깬 뒤에 맛을 보곤
달게 잤다는 깨인 사람!

돌아가게 하라

앉혀야 할 건 가라앉히고
돌아갈 건 돌아가게 하라.

얼음판에 팽이 치며 노는 아이
그 아이의 팽이도 돌아가게 하라.

가라앉아 바라보며
아버지께서 보내신
그리스도께로 돌아가라.

온누리 깨끗없다

나무 잡아 불 때어 쓰며
나무 태운다고 하는 소리

흙에서 짜낸 물 받아먹으면서
샘 맑다고 하는 속알

씻고 씻어도 물때 끼고
사뤄낸 때는 불 먼지

옥玉이 바로 티인 것을!

옥에 티야! 라는 어리석은 말 마오.
옥이 바로 티인 것을!

불의 티란 무슨 소리인가?
불티? 재티?
불이 바로 티인 것을!

누리에 참 빛날 손가?
티가 안 낀 눈! 또 볼까?

때문에

저 때문 시간에
저 터문 공간에
저 라문 사람도
모두가 다 제 책임입니다.

그 때믄
그 터믄
그 라믄으로
모두 다 제가 해결해야 합니다.

이런 핑계 때문에 그럴 터라면
그저 정신들기 늦어집니다.

그믐 보내며⁶³⁾

사람이 쓴 그릇은 먼지가 움푹 들고
하늘 낸 구실은 둥글둥글! 빛난다.
우리는 흙 구실에 지구 「땅」
지구 땅보다 더 작은 흙 구실 「달」을 달고
불 구실 「해」 주변으로 돌며 사오.

땅이 열아홉 둘레 해 주변으로 도는 동안에
달은 이백 서른 다섯 바퀴를 땅 주변으로 돌아준다.
우리에게 주려고 온 빛을 조금이라도 보태어 주려고
이미 고개 너머 간 빛을 오히려 받아다가 보태주는 달이여!

사람은 저희가 해 달을 보내고 있거니 하지만!
하늘이 사람을 땅에 싣고 해 달로 비춰주며 보내고 있다.
삶엔 빛이 그립고 주려 하는데 땅에 오는 빛은 기울기를 잘하오.
눈물이 어려도 빛은 그물고 고개만 숙여도 빛은 가려지오.

---

63) 국어사학자들은 '그믐'이 '검다(黑)'와 뿌리를 공유하고 있다고 여긴다. 그 공유하고
있는 어근은 kam-이다. 1527년 최세진이 만든 어린이의 한자학습 〈훈몽자회〉에서
'검다'는 '감다~검다'의 교체형을 보여 주는데, '감다'가 고형(古形)이고 '검다'가 그
발달형으로 보인다. …어근 kam-에 담긴 것은 숯 빛깔이나 먹 빛깔처럼 어둡다는
뜻이다. 견해에 따르면 '검다' 계열의 수많은 색채형용사(이를테면 까맣다, 꺼멓다,
가무죽죽하다, 거무죽죽하다, 거무스레하다, 거무스름하다 따위)만이 아니라, 까
막눈, 까마귀, 가마우지, 가물치, 까마종이(가지과의 한해살이 풀. 까마중, 가마중,
깜뚜라지라고도 부른다. 익은 열매의 빛깔이 검다) 같은 말들이 죄다 '그믐'의 자매
어다(「고종석의 사랑의 말, 말들의 사랑」 중에서, 한국일보 2008년 10월 6일자)

하루로도 고개 반짝들은 여름 턱바지 하짓날
낮에 본 빛이 열에 일곱이 채 못 되고
겨울 턱바지 동짓날이면 밤이 열에 일곱 가깝고
낮엔 빛이 열에 셋 남짓!

이렇게 빛이 줄어드는 밤이면 달이 없지만
사흘부터는 달이 빛을 퍼넘게 길어옴!
여드레쯤엔 반달을, 보름에는 온 밤을 새도록 비친다!

열엿새 넘어가면 줄어드나
스무사흘까지 밤이 너무 길다고
밤의 반을 밝혀주다가
더 아주 줄어들면 그믐!

그믐 중의 그믐은 겨울 턱바지 동지 그믐! 섣달 그믐!
그믐이란? 빛이 그믈단 말로 다녀온가?

빛이 아주 그믄 그믐에는
눈도 쓸데없어 아주 감겠지만!!

눈 감기 전에 그믈그믈 그믐은
우리 사람 누리에 「큰 그믐」이 아닐가?!

하늘이 우리 사람에게 해마다 보내는
이파리 글월 한 조각!

「너희 절로 알 수 있고 무를 수 있고
부를 수 있고 풀게 될 그 므름」은
곧 「너희 길을 그렇게 보내라」고 하신
큰 물음 아닐까!

하여금 해로 그려낸 지금 이 순간을 바로 보라!

밭 홀 로 ㅁ

사룸이란 일이 없오——한때 지내는 나그네
禹는 黃河길 로 가되 물과 발 잘 맞혀 밭홀
이조이 禹를 일컫되 「일없시로——갈훌알」

일 났다ㄴ 뭐? 갈스 없다ㅁ!——가는 까닭 몰은거지?
까닭 볼 알고 나면 스왈치——제 밭홀 길 걷기
때믄과 터믄 또 라믄 밭홀 대고 흐는 말

일이 없시 흐면 되고 일떠은 일 열쩍게 돼
열쌔 힘쓸 열의 일이 일적게 히 보람 빌가?
사룸은 나그네 길손 후믁 손속 으로ㅁ

꺾어야 꽃이지——뒤두면 먹을 꿈·그림의 떡
꺾꽃 죽자! 앙그리지라 손 닿니 닳져 진물
건너다 맞보ㆍ들 좋고 오ㆍ갈것은 없쟎아?

이웃 나라 서로 바라 뵈며 개·닭 소리 마주 들리는데
씨알이 늙어서 죽도록 왔다 갔다들 아니 흐는다 늙은이.

다석 유영모의 살아온 이야기

*0세(1890년)

1890년 3월13일경인년 2월23일 서울 남대문 수각다리서울 시경 근처 가까운 곳에서 경성제면소를 운영하는 아버지 유명근, 어머니 김완전 사이에서 13명 중 맏아들로 태어나다.

동생 열 명은 모두 어려서 요절했고 바로 밑의 동생 영묵은 19살에 갑자기 죽어서 충격을 많이 받다. 20세를 넘겨 산 사람은 유영모와 유영철뿐이다. 유영철은 70세 정도 살았고 미국에서 작고하다.

*5세(1895년)

아버지에게 천자문을 배웠는데 거꾸로도 외우고 다니다.

"천지현황 우주홍황…." 이렇게 외우기도 했지만, "황홍주우 황현지천…" 이렇게도 줄줄 외우다.

*6세(1896년)

서울 흥문서골 한문서당에 다니며 중국 사마광司馬光이 지은 『통감通鑑』을 배우다. 훈장님은 손에 묻은 먹물 숫자대로 매를 들어 아이들을 가르쳤는데 그는 매 맞는 게 싫어서 통감을 끝내지 못하고 서당을 그만 두다.

*7세(1897년)

콜레라에 걸렸는데 어머니의 지극정성으로 살아나다. 쌀뜨물 같은 설사를 계속하여 탈수증으로 거의 죽어 가고 있었다. 어머니는 아이가 죽어간다는 데 생각이 미치자, 손바닥으로 아들의 항문을 막은 지 7~8시간을 지나자 몸에 생기가 돌기 시작하였다. 항문을 솜으로 틀어막고서 미음을 끓여 떠먹이니 아이는 다시 살아났다고 한다.

*10세(1900년)

서울에 9개 소학교가 생겼고 2명의 교장이 순방하던 시절 수하동水下洞 소학교에 입학하다.

시험은 교동 소학교에 모여 시험을 보고 학교 바깥벽에 성적순으로 이름을 붙였는데 전체 500~600명 학생 중에서 1학년때 1등, 2학년때 5등을 하였다. 산수를 좋아해서 독감에 걸렸어도 학교는 결석한 적이 없다. 3년 학제인 소학교를 2년만 다니면서 평생지기인 우경友鏡 이운영李潤榮 맹아학교교사, 최초 양로원 경성양로원, 현재 청운요양원 설립을 만나다.

*12세(1902년)

자하문 밖 부암동 큰집 사랑에 차린 삼계동 서당에 3년간 다니며 『맹자孟子』를 배우다. 이때 또 한 명의 평생지기 일해一海 이세정李世禎 진명학교 교장을 만나다. 이세정은 교육자로서 공로를 인정받아 장례는 사회장으로 치뤘는데 그는 장례위원으로 참여하다. 훗날 유영모 딸 월상은 진명학교에 다니다.

*15세(1905년)

한국 YMCA 초대 총무인 김정식金貞植의 인도로 서울 연동교회에 나가다. 유영모는 연동교회에서 산 신약전서를 일생 동안 고이 간직하면서 날마다 읽다. 6·25전쟁 때 부산으로 피난 갈 때도 이 신약전서는 들고 가다. 구약성경은 아브라함을 아백라한이라 옮긴 중국어로 번역된 구약성경을 읽다.

*17세(1907년)

서울 경신학교에 입학하여 2년 간 수학修學하다.

한편 을사늑약으로 주권을 일본에 빼앗기자 일본을 배우기 위해 다니던 서당을 그만 두고 경성일어학당京城日語學堂에 입학하여 2년간 일어日語를 배우다. 여기서 일어선생인 목양牧羊 홍병선 목사농협운동 선구자, 저서로『농촌협동조합과 조직법』를 만나다.

*19세(1909년)

경신학교 3학년 졸업하기 전에 교장의 추천으로 경기도 양평학교 정원모가 세움 교사로 갔으나 제국주의 일본을 비난한 것으로 헌병의 협박을 받고 학교를 그만 두고 1학기만에 서울로 돌아오다.

*20세(1910년)

오산학교를 설립한 남강 이승훈의 초빙으로 평북 정주定州 오산학교五山學敎 과학교사로 2년간 봉직하다. 이때 오산학교에서 기독교 신앙을 처음 전하였고 남강 이승훈을 전도하였는데, 이승훈은 감화를 받아 오산학교를 기독교학교로 만들다. 유영모는 첫 수업부터 기도로 시작하고 정규과목을 가르치는 것보다 기독교 정신을 가르치는데 힘쓰다.

*21세(1911년)

12명의 동생 중에 열 명이 어려서 죽고 유일하게 함께 자란 영묵이는 YMCA와 연동교회도 함께 다녔고 쌍둥이처럼 붙어 다녔는데 갑자기 죽다. 오산학교에서 여준, 신채호의 권유로 노자와 불경을 읽으면서 사상적으로 영향을 받긴 했지만 결정적으로 동생의 죽음이 정통신앙의 교리를 버리는 계기 중의 하나가 되다.

*22세(1912년)

아내 몰래 가출하여 방랑길에 나섰던 82세의 대문호 톨스토이가 1910년 11월 7일 5시5분에 기차여행 도중 급성 폐렴으로 돌연사한 기사로 인해 오산학교에서는 그를 위한 추도식을 하고 그의 작품을 읽게 하다.

유영모도 톨스토이의 작품을 읽고 감명을 받아 정통 기독교신앙에서 벗어나기 시작하다. 이승훈이 감옥에 가면서 평양신학교 교장 로버트에게 교장을 맡기는데 교장은 정통교리에 입각하여 학생들을 기독교 신자로 개종시키는 일에 교육의 초첨을 두다. 춘원 이광수는 톨스토이의 『통일복음서』를 가지고 설교하다 학교에서 쫓겨났고 유영모도 결국 오산학교를 떠나게 되다. 오산학교를 나올 때는 정통교회 신앙에서 떠나 보다 폭넓는 신앙세계로 들어갔고 이제부터 기성 교회도 나가지 않게 되다.

9월 일본 동경에 가서 동경 고등사범학교 물리학과에 입학하여 1

년간 수학修學하는 중 하루는 귀한 일생이라 허비해서는 안 된다고 하며 일일일생一日一生을 강조하며 살았던 우치무라 간조일본을 대표하는 기독교 사상가의 강연을 듣고 영향을 받다. 우찌무라 간조의 제자 김교신의 소개로 그의 성경연구모임에도 참석하다. 오산학교 시절 유영모는 어린 김교신이라도 선생으로 모시다. 우찌무라 간조, 김교신, 유영모 모두 일일일식하다.

*23세(1913년)

6월 동경 유학 1년을 채우지 못하고 대학 입시를 포기하고 귀국하다. 유영모는 일본 유학이 인생에서 가장 고민스러웠다고 털어놓기도 하다. 그의 사상과 신앙의 문제가 물리학자 되는 일보다 더 시급하다고 생각했을지도 모른다.

*25세(1915년)

김필성 목사가 친구 김건표의 누이를 소개해서 김효정金孝貞, 23세을 아내로 맞이하다.

김효정은 충남 한산에서 2녀 1남 중 둘째로 태어났다. 김효정의 아버지 김현성은 구한말 무관출신으로 기골이 장대하고 김옥균, 박영효를 따라 개화운동에 가담했고 목포 전남도청 등에서 공직생활을 하였고 퇴직할 때는 군수대접을 받았다.

체구가 작은 신랑이 시골 가서 농사짓고 살겠다하니 탐탁지 않게 여기자 유영모는 편지를 써서 장인의 마음을 돌려놓았다. 그 당시 결혼제도는 신랑이 색시집으로 가서 혼례를 올리고 다시 신랑집으로 와서 혼례를 올리는 풍습인데 유영모는 낭비라 생각하여 신랑

집에서 중매선 김필성 목사의 주례로 혼례를 올렸다. 혼례를 마치자 유영모는 혼자 목포로 가서 장인 장모께 인사했다. 부모님께 인사드리기 전에 신방에 들어갈 수가 없다는 생각에서 였다. 결혼식에 참석 안한 장인장모는 박학다식한 사위와 담소를 나누며 훌륭한 사위를 맞았다고 기뻐했다.

유영모는 결혼 후 2년 만에 맏아들 의상宜相을 낳았고 이어 2년 터울로 자상自相, 각상覺相을 낳고 5년 뒤 보름날 딸 월상月相을 낳았다. 아이들의 이름 속에 넣어놓은 '의자각월宜自覺月'은 '정신 잇기'의 염원이 아닐까 싶다. '마땅히 스스로 각성해서 나아가라. 그러면 솟아오르는 달을 만난다.'

*26세(1918년)

외국서적을 번역하는 처남 김건표의 권고로 도량형에 관한 책 『메트로』미터법를 저술하고 개성사라는 출판사를 차려서 판매를 하다. 개성開成이란 말은 개물성무開物成務, 모든 만물을 깨달아 일을 이룸의 약자이다. 다른 출판사에서 자기네 책을 표절했다고 소송을 해서 문을 닫다. 도량형 원기는 세계 공통 표준이므로 표절이랄 것도 없지만 일제 강점기라 패소하다.

*27세(1917년)

육당六堂 최남선崔南善과 교우交友하며 잡지 「청춘靑春」에 '농우農友, '오늘' 등 여러 편의 글을 기고하다.

*28세(1918년)

1월13일부터 살아온 날 수를 셈하기 시작하다. 일기 쓰기를 시작한 날부터 일기에 기록하다.

*29세(1919년)

남강 이승훈이 3·1운동 거사 자금으로 기독교 쪽에서 모금한 돈 6천 원을 유영모에게 맡겨서 아버지가 경영하는 경성피혁 상점 금고에 보관했는데 일본형사들이 점포를 수색해서 돈을 압수하고 아버지도 끌고가 105일만에 풀어주다.

*31세(1921년)

9년간 오산학교 교장을 한 고당古堂 조만식曺晩植 후임으로 정주 오산학교 교장에 취임 1년 간 재직하다. 교장실의 회전의자를 치우고 등받이를 잘라버린 보통 의자 위에 무릎 꿇고 앉아서 교장업무를 보았으며 이번에는 수신과목을 가르치며 언행일치, 지행일치의 사람으로 오산학교의 신화를 창조하다.

이 시기에 졸업반이었던 함석헌은 유영모를 처음 만나다. 첫 시간에 '배울 학學'자를 2시간 동안 풀이하는 것에 놀라 보통 사람이 아니란 걸 알다.

*32세(1922년)

유영모는 부임한지 1년만에 일제 교육당국에서 교장 인준을 해줄 수 없다는 통보를 받고 그만 두게 되다. 인준해 주지 않은 이유는 분명치 않으나 아버지 유명근이 이승훈의 독립자금을 맡았다는 죄로 옥고를 치른 것 때문인지 전임 교장인 조만식처럼 한복을 입고 다니는 민족주의자로 보여서인지 확실치 않다.

1년만에 다시 집으로 돌아가는 날 밤에 고읍역까지 마중나간 함석헌에게 유영모는 "내가 이번에 오산학교에 왔던 것은 함喊 자네를 만나기 위해서인가 보다"라는 평생 잊지 못할 의미있는 말을 했다. 함석헌이 옥고를 치르고 있을 때 묵상기도만 하던 유영모는 말기도를 다시 했고 함석헌이 집에 온다면 스스로 집안청소도 하며 귀한 손님 맞이하듯 했으며 함석헌이 시작한 일요강좌에 지원 강연도 했다. 사제지간에 귀한 모습이며 11살 차이지만 생일이 양력으로 같은 날3월13일 이다.

*33세(1923년)

1월 19일 잡지 「동명」에 12,000일을 기념하여 '자고 새면'을 기고하다. 유영모는 이 글에서 생명의 주체는 '나'임을 선언했다. "내가 곧 길이요, 진리요, 생명이니라"는 예수의 말씀은 예수만의 특별한 고백이 아니고 생명의 길을 가는 모든 사람들의 주제적인 선언으로 받아야 함을 강조하다. 모든 존재의 중심에 내가 있고 모든 것은 나에게서 시작하고 나에게서 끝난다고 하다.

*37세(1927년)

김교신金敎臣 등 「성서조선聖書朝鮮」지 동인들로부터 함께 잡지를 하자는 권유를 받았으나 사양하다. 송두영 집에서 열린 겨울 성서연구회 모임에서 담임선생인 김교신의 소개로 유영모는 양정고보 다니던 유달영18세을 처음 만나다. 그는 처음으로 요한복음 3장16절을 풀이하면서 자신의 종교관을 밝혔는데 「성서조선」 잡지에 10년 동안 많은 권유에도 기고하지 않다가 이후부터 기고하기 시작하여 1942년 폐간될 때까지 열 번도 넘게 기고하다.

「성서조선」 잡지에 한국 YMCA 초대 총무인 김정식 추모문 기고하다.

*38세(1928년)

서울YMCA 총무인 창주滄柱 현동완농림부장관과 보건복지부 장관 자리를 거절하고 죽기 전까지 YMCA 근무의 간청으로 월남 이상재 후임으로 YMCA 연경반硏經班 지도강사로 초빙받아 35년간 지도하다가 1963년 현동완 사망 이후 그만 두다. 평소에는 말이 없다가 강의만 하면 6시간을 쉬지않고 하는 경우도 있었다. 많게는 700명이 참석하기도 했고 200~300명 참석한 적도 있으나 대부분은 평균 20여명이 꾸준히 참석하다. 1938년 일제는 YMCA를 강제로 폐쇄시켰지만, 연경반은 숨어서 이어나가다.

서울 적선동에서 솜공장 경성제면소를 아버지가 차려주어서 경영하다가 아버지가 돌아가신1935년 후까지 하다. 농사를 지으며 살고 싶어했지만 아버지가 시키는 일을 하다.

*43세(1933년)

11월 2일 아버지는 위암으로 3년간 투병하시다 돌아가셨다. 상복을 입고 5일간 금식을 했고 제삿날뿐만 아니라 매년 추도일에도 제사상은 차리지 않고 금식했고 제물에 쓰일 돈은 어려운 이웃을 돕는데 썼다. 지나친 관혼상제 풍습을 삼가하다.

*45세(1935년)

아버지 탈상 후 경성제면소를 처분하고 서울 종로 적선동에서 경기도 고양군 은평면 구기리 150번지처음에는 종로였는데 행정구역에 경기도로 바뀌었다가 서대문구로 됐다가 지금은 다시 종로구로 되었다. 현재 구기파출소 뒤 현대빌라 자리가 집과 과수원이었음로 이사하여 꿈에 그리던 귀농을 시작하다. 구기리로 이사올 때 맏아들 의상이 18살, 둘째 자상이 16살, 셋째 각상이 14살이었고 딸 월상이 9살이었다. 아들들은 바쁠 때 함께 아버지를 도왔다. 시골에서 농사 지으면서 사는 생활은 자기 훈련이고 자기 수양의 시간이었다.

대문에 '참을 찾고자 하는 이는 들어오시오'어떤 이는 '참을 찾고자 하거던 문을 두드리시오'라고 기억함라는 문패를 달아놓았다고 한다. "하나님을 사랑하고 땅을 사랑하고 이웃을 사랑하는 삶은 농사뿐이라" 믿으며 농사를 짓다. 지인들과 사람들은 끊이지 않고 그를 찾아오다.

*49세(1939년)

5월 호암 문일평의 죽음에 충격을 받아 「성서조선」124호1939년 5월 호에 추도문 「호암(湖岩) 문일평(文一平) 형兄이 먼저 가시는데」를 기고하다.

6월 25일 김교신은 성서연구회 사람들과 함께 구기리의 유영모를 만나러 왔다. 이 날은 유영모가 태어난 지 18,000일 기념을 축하하는 선물로 김교신으로부터 『조선어사전』을 받았다. 여기에는 김교신의 친필로 날짜와 '서울성서연구회'라는 증정단체의 이름이 적혀 있다.

*50세(1940년)

「성서조선」135호1940년 4월호에 '결정함이 있으라'를 기고하다. 아래 일부를 적는다.

"자연적 인생의 끝은 멸망이다. 멸망이라는 확정판결은 받고 나온 것이 인생이다.… 이승의 목숨이란 결정함이 있으라. 피어온 꽃, 연연娟娟히 곱다가도 갑자기 시들 것! 이승의 목숨이란 방울진 물! 분명히 여무지나 덧없이 꺼질 것!…."

*51세(1941년)

2월 17일부터 하느님이 새 과제를 주셔서 1년 내내 공부하게 하셨다고 한다. 이는 단식과 해혼이다. 하루에 저녁 한 끼만 먹는 단식을 시작하고 이튿날인 2월 18일에는 식구들을 모아놓고 가족들에게 종신토록 부부간의 성생활을 끊겠다는 뜻의 해혼解婚을 선언하고 잣나무 판자 위에서 잠자기 시작하다. 해혼에 대한 글을 남기다. "사람은 상대적 존재이기에 영원한 것이란 없다. 시작을 했으면 마침이 있어야 한다. 남녀가 혼인을 맺었으면 혼인을 풀어야 한다. 부부가 혼인생활은 하되 성생활은 끊어야 한다. 해혼은 혼인생활조차 끝내는 이혼과는 다르다, 나는 오늘부터 해혼하기로 했으니 모두 그렇게 알아라. 간디는 어린 열세 살에 혼인을 했지만 서른일곱 살에 아내와는 남매처럼 지냈다. 부부사이에도 성생활이 없어진 것이다. 마음의 불을 끄면 몸의 불은 자연히 꺼진다"

8월 5일은 집 둘레에 있는 아카시아 나무 가지를 자르다 삼각 사다리 위에서 떨어져 허리를 크게 다친 날이다. 2주 동안 병상에서 지내면서 큰 깨달음을 얻었다. "죽음이 가장 새로운 세계이다. 고통과 쾌감은 밀접한 관계라 서로 헷갈리기가 쉬운데, 실은 쾌감이 고통인 것을 깨닫지 못 하기 때문에 망령된 생각에 빠지는 일이 많다. 실은 한 맛인데도 고통으로만 알면 크게 겁먹는 수가 많다. 사람의 살림살이라는 것이 몸뚱이의 자질구레한 일로 보내는 것이 생활의 대부분이라 어떻게 하느님의 성령과 함께 하는 참된 삶을 살 수 있을까? 몸이란 마침내 큰짐이요, 감옥이요, 못된 장난에 불과하다. "

성서조선 152호1941년 9월호에 '기별 낙상유감'이란 글을 기고할 때 처음으로 다석제多夕齊를 필명으로 쓰면서부터 다석多夕이란 아호를 사용하기 시작했다. 다석 옆에 붙인 제齊는 이 당시 아호 옆에 흔히 붙여 쓰다.

11월 28일 18,888일 되는 날, 이날을 유영모는 파사일破私日로 지냈다. 나를 온전히 버리고 주님만이 따르는 날을 말한다. 온전히 항복하고 나는 없어진 날.

12월 5일 한아님 아버지의 사랑을 절감하고 '녹임의 기쁨 일일기온감一日氣溫感'을 작시하여 「성서조선」156호1942년 1월호에 기고하다. 그 일부를 옮기다.

"작년 1년1941년은 '네가 낫고자 하느냐' 물으신요한복음5장6절 해이며 '나를 붙들어줄 사람이 없다고'만하고 지내온 것입니다. '남이 붙들어주도록 약弱한가, 저 사람도 보잘것없군' 하는 물론物論이 있을까를 퍽 싫어하였습니다. 내 독립獨立한 체면體面은 죽어도 유지維持하고 싶었습니다. 작년 2월 17일부터는 새 과제課製를 주셔서 1년 내

一年來 공부工夫하게 하시고, 8월 5일에는 한 번 채를 치셔서 일깨우신 가도 합니다. 아버지께 더 나아가야 할 줄은 더욱 강박強拍되었사오며, 감은感恩과 감격感激도 몇 번이었사오며, 마침내 자기自己란 것이 아무 것도 아닌 것을 확인確認하게 되었사오나, 주主의 앞에 무조건 항복할 기회는 없었습니다. … 지난 11월 28일은 저의 18888일로 저는 이날을 저의 파사일破私日이라 생각하고 지냈사온데 이것이 주主께 가까워진 준비이었사오며……."성서조선 157호, 1942년 2월호

*52세(1942년)

1942년 52세 1월 4일 입교入敎 1905한 지 38년 만에, 식색을 끊은 지 1년만에 하느님과 예수를 깊이 체득하고 중생일重生日로 정하다.

그는 이렇게 말했다. "내게 실천력을 주는 이가 있으면 그가 곧 나의 구주시다. 내가 난 지 18925일 되는 오늘, 내가 중생한 오늘, 증거할 말씀은 '예수의 이름은 오늘도 진리의 성신으로 생명력을 풍성하게 내리신다'이다" 그는 수많은 사람들에게 언제나 기쁨을 전하다. 그것은 진리에서 나오는 기쁨이다.

성서조선 157호에 이 날의 감격을 '부르신지 38년만에 믿음에 들어감', 158호에 '우리가 뉘게로 가오리까', '이것이 주의 기도요 나의 소원이다'를 기고하다.

성서조선 157호 1942년 2월호에 실린 글 일부를 옮기다.

"금년1942 1월 4일에 제가 마침내 아버지 품에 들어간 것은 37년을 허송虛送한 표標인가도 싶습니다. '생명이 말씀에 있으니 생명은 사람의 빛이라요한복음 1장4절를 저의 중생일重生日, 1월 4일의 기억으로 하

겠사오며 … 생生이 重生한 오늘에 증거證據할 말씀은 '예수의 이름은 오늘도 진리眞理의 성신聖神으로 생명력을 풍성하게 내리신다'입니다." 그는 깨달음의 노래, 오도송悟道頌을 지었다. "하느님께서 저를 38년전 1905년 봄에 부르시지 않으셨습니까? 그날부터 여태까지 병든 믿음으로 온 것 아닙니까?'

3월호제158호에 실린 김교신의 권두언 "조와弔蛙"얼어죽은 개구리를 애도한다는 뜻에서 일본의 억압으로 고통받는 조선을 개구리에 빗대었다고 본 조선 총독부는 성서조선을 강제 폐간되었는데「성서조선」사건으로 유영모는 4~5월 57일 동안 종로 경찰서와 서대문 형무소에 구금되다. 함석헌, 송두용, 유달영은 후에 이 사건으로 국가유공자로 대전 국립현충원에 안장되었다. 유영모 유가족들은 보훈처에 국가유공자 심사를 신청할 생각이 없다고 한다.

*53세(1943년)

음력 설날양력으로 2월 5일 새벽 북악 산마루에서 천지인 합일의 경험을 하다.

첨철천잠투지瞻徹天潛透地 이 글에서 하늘과 땅과 하나된 체험을 표현하고「성서조선」에 발표한 '믿음에 들어간 이의 노래'에서 님이 나를 차지하고 나를 맡으시고 나를 가지셨으며 내 거라곤 하나도 없고 내 거라곤 다 버렸다고 노래한다.

*54세(1944년)

45세에 구기리로 이사올 때 집수리를 해 주던 막일 노동자 이상웅에게 천안 광덕 보산원리에 농지와 땅을 구입해 관리인으로 삼았다. 나중에 토지개혁때 이상웅에게 당시 시세의 반값으로 농지 3천평과 대비 6백평을 평당 쌀 한 되 값으로 쳐서 넘겨주다.

*55세(1945년)

해방된 뒤 조선총독부가 없어지고 주민들 스스로 자치위원회를 만들었는데 주민들로부터 은평면 자치위원장으로 추대되다. 사람들과 사귈 기회는 별로 없었지만, 농사지으며 산 지가 10년이고 창씨 개명을 하지 않고 성서조선 사건으로 옥고를 치른 것을 주민들은 알고 있었다.

김교신은 「성서조선」 사건으로 옥살이를 하고 나와 흥남비료공장으로 들어가 독립운동한 혐의로 다시 옥중에서 지내다 전염병에 걸린 조선노동자를 간호하다가 감염되어 4월 25일 세상을 떠났다. 훗날 유영모는 그의 죽음을 계산하다 자신의 죽을 날을 정하게 된다.

*56세(1946년)

전남 광주 동광원 방문하여 이현필을 만나다. 이후 수양회 강사로 매년 동광원을 방문하다.

*57세(1947년)

9월 10일 산 날 21,000일을 맞이하다.
김교신이 선물한 『조선어사전』을 펴 보다가 김교신의 친필을 보고 그리움이 밀려와 날짜 계산을 해 보니, 이 선물을 받은 지 3,000

일이 되는 것이었다. 이로부터 3,000일을 더 계산하니 4월 26일! 김
교신이 죽은 날 다음 날자인 것이다. 이 만큼 더 살아도 될 것이라
고 생각하고 1956년 4월 26일로 사망일을 예정해 보다. 사망예정일
1년 전에 이 예정일을 발표하다.

*58세(1948년)

함석헌咸錫憲 YMCA 일요 집회에 찬조 강의를 하다.

*60세(1950년)

6월 6일은 다석의 산 날 22,000일 되는 날이다. 이날 현동완은 다
석의 반대에도 불구하고 22,000일 기념행사를 YMCA회관에서 거
행하다.

유영모는 경찰대 교수였던 최원극崔元克의 집에서 아침 7시부터
'일요강좌'를 진행하고 있었는데 새벽에 북한군의 남침이 이뤄진 사
실을 모르고 있었고 강의 도중 최원극에게 걸려온 전화로 전쟁소식
을 들었다.

전쟁난 지 사흘째 되는 날, 미국대사관에 근무하고 있던 유의상유
영모의 장남, 맥아더 사령부에서 전시 공문 번역과 우리말 미군방송을 맡고 휴전회담 때도
한국인으로는 유일하게 미국쪽 요원으로 참여하여 통역함은 일본 도쿄의 맥아더
사령부로 징발됐다. 피난을 가지 못해서 둘째 아들 자상19살은 곡기
를 거의 끊고 병자행색으로 지냄으로 죽음을 피했다.

*61세(1951년)

1.4후퇴 때 훗날 사위가 될 최원극의 도움을 받아서 부산 수정동으로 피난을 가다. 10월 10일 어머니 김완전이 돌아가시자 화장을 했는데 평소 화장이 이상적인 장례라 생각하여 "반드시 화장을 지내야 합니다. 흙에서 와서 흙으로 돌아가는 데는, 없는 데서 생겨나서 없어지는 데는 다 마찬가지입니다. 혈육의 근본은 흙이고 정신은 하늘에 근본을 두고 있습니다."라고 말하고 그대로 화장하다.

서울 YMCA총무 현동완玄東完의 주선으로 피난 간 부산에서도 광복동 YMCA 회관에서 공개강연을 여러 번 하다. 그가 들고 다니던 작은 노트에 보면 진리를 잃어버린 전쟁의 광기와 어리석음을 질타하다. 일요일에는 현동완의 단칸방에서 '일요강좌'를 열다.

*65세(1955년)

1955년은 다석에게 뜻깊은 해이기에 특별히 자신을 스스로 기념하는 해라는 의미를 담아 대자大自 기념년紀念年이라고 하다. 자신을 불살라 죽기로 작정한 날을 정한 해이다.

4월 25일 사망예정일을 선포하다. 사망예정일은 1년 뒤인 1956년 4월 26일. 유영모는 김교신이 선물한 조선어사전을 펴서 선생님의 필적을 본 날이 선생님 돌아가신지 약3,000날이 되는 날인데 앞으로 욕심을 내서 3,000날을 더 산다면 김교신이 간 날인 4월 25일과 비슷한 4월 26일이 된다는 데서 숫자놀이로 1956년 4월 26일을 사망예정일로 정했다. 그 날까지의 살 날수가 남강의 산 날 수와 같게 된다는 것을 발견하고 수첩에 적어놓다. 사람이 살아가는데 예산을 세우고 살림을 하는데 죽는 날도 예상을 하고 살아보자는 것인데 맞추긴 누가 꼭 맞추겠는가? 한웋님만이 아실 것이라고 했다하며 죽음 예행연습을 통해 깨달음을 얻고자 한 것이다. 마음에 담고 있다가 사망예정인 1년전인 오늘 공개적으로 선포한 것이다.

이날부터 '이 하루때문' 이라며 일기『多夕日誌』를 쓰기 시작하여 1975년 1월 1일까지 계속하다.

김흥호는 속기사를 시켜 1956년 10월 17일부터 1957년 9월 13일까지 YMCA 연경반 강의를 기록하게 하다. 새벽 3시에 일어나서 맨손체조와 냉수마찰 그리고 얼오름의 기도를 드린 후 일기를 쓰다. 일기에는 년, 월, 일, 날씨, 살아온 날수, 율리안 날짜 등을 첫 머리에 쓰다.

7월 23일 죽음 예정일을 278일 앞두고 외출했다가 돌아와서 막 마루에 올라서려고 할 때 책상 한 가운데로 큰 돌이 떨어져 책상을 치고 책상 위 놓여있던 책 한 권은 애지중지하는 책인데 너덜너덜해졌고 구들에 떨어져 구들까지 뚫었다. 그날 외출 안 하고 '서전'책을 읽고 있었다면 죽었을 수도 있다. 죽음을 미리 경험해 보다.

다음날 이 사건과 관련해서 화재에도 살아남고 서전책에 대해 일기에 쓰다. 경성제면소 화재 때 책의가 소실되었고 6.25때 피난가면서 창고에 넣어뒀지만 하나도 손상이 안 되어 가까이 두고 읽으며 보배로운 가르침을 받았던 책이라는 것을 기록으로 남기다.

10월 18일 죽음 191일 앞둔 날, 삼각산원에 김산을 만나러 가던 길에서 거적으로 둘둘 말아놓은 송장을 봤다. 거적을 메고 온 두 사람은 가까운 가게에서 감을 사먹고 있는 것을 보고 '마구잡이 거적 송장'이란 말만 들어봤는데 참으로 목격했다고 일기에 쓰다.

*66세(1956년)

1월 25일 첫 번째 꿈을 꾸다.

꿈에 본 글인지 깨어나서 소간을 쓴 글인지 모르겠으나 꿈 이야기를 일기에 쓰다. 고대에 인사가 자기인생관을 제출하면 그 논문에 나타난 대로 최종 9년은 그 사람의 신분과 인격을 믿어 의심치 않는다고 하는데 희랍그리스에서 그런다고 한다. 김교신이 죽은 후 10년을 더 살고 갈 결심을 했는데 이게 꿈인가 생시인가 하는 글이다.

4월 24일 두 번째 꿈을 꾸다.

꿈에 때문, 터문, 라믄은 모르겠고 한갓 '417'이란 숫자를 봤다. 아침이 꿈에서 깨어 생각해 보니 아홉곱은 아니고 139와 3인 소인수만으로 알다. 417÷3=139 이 417이란 숫자는 두 번째 사망일 이튿날을 정할 때 사용하게 된다.

4월 26일. 사망예정일. 하루 한 번 먹는 저녁 식사도 잊고 하루를 넘기다. 다음날 4월 27일 연경반 강의에 여일하게 참석하다. 거기서 사망일에 대한 소감을 "죽기로 소원한 날인데 그게 중요한 게 아니고 하나님을 알고 하나님을 믿고 하나님에 사는 것이 중요하다. 그럼 인생은 단순해진다. 지구 위의 잔치에 다녀가는 건 미련두지 말고 더 살자고 애쓰지 말아야 한다. 늘 여기 살 것도 아니고 이 세상을 생각으로라도 초월하고 살자"는 요지로 말하다.

사망예정일 두 번째 날을 1957년 6월 17일로 정하다. 이번에는 이틀 전에 꾼 꿈에 보인 417을 생각하고 417일 뒤를 계산해서 나온 날짜이다.

*67세(1957년)

6월 17일 두 번째 사망예정일! 이날도 지나간다.

6월 18일은 아주 드물게 튼 날, 가장 고귀하고 소중한 날, 다시 산 날! 나의 날! 로 생각하고 이날부터 열흘간 목욕재계 하는 마음으로 재계의 시간을 가지며 시량록을 쓰고 이날부터 일기에는 산 날수와 율리안 데이 외에 다시 하루 하루 살 날 수를 세며 살아간다. 이젠 더 이상 죽을 날을 정하지 않고 지내다.

*69세(1959년)

『노자老子』를 우리말로 완역하다. 그밖에 경전의 중요 부분을 옮기다.

법학도인 주규식이 1959년 11월6일부터 1961년 11월17일까지 YMCA 연경반에서 하는 유영모의 강의를 받아쓰다. 이 내용은 『다석씨알강의』로 박영호 풀이를 넣어서 교양인에서 2015년 출간하다.

*70세(1960년)

둘째 아들 자상이 결혼하여 강원도 평창군 방림면 계촌리로 젖양

2마리 벌꿀 15통을 가지고 들어가 농사짓기 시작하다. 유영모는 다른 아들들보다 이를 기쁘게 생각하다.

*71세(1961년)

11월 21일 딸 월상이가 친정에 김장하러 오다. 그는 같이 따라온 외손녀 은화와 옥상에서 별 관측하는 유리방에서 별구경하고 내려오려는데 아이가 떨어지려하자 외손녀를 껴안고 3미터 아래 현관바닥에 떨어져 외손녀는 하나도 안 다쳤는데, 유영모는 온몸에 타박상을 입고 머리도 다쳐서 의식불명으로 서울대병원에 입원하다. 일주일만에 의식이 돌아왔으나 한쪽 눈을 실명할 수 있으니 수술하자는 의사의 말을 거절하고 12월 19일28일간 퇴원하다. 입원기간 중 유영모는 살고 죽는 것이 아무 것도 아님을 확실히 깨닫고 요한복음 말씀을 무의식 중에도 붙잡고 있었다.

*73세(1963년)

'천부경"을 우리말로 풀어내다. 천부경天符經 이란 말을 '하늘 닿은 씨알 실줄'로 풀이했는데 '하늘에 연결된 줄'이란 뜻이다. 소설『단군』을 쓴 김태영은 참나를 깨달은 사람만이 천부경을 제대로 파악할 수 있다며, 다석만큼 천부경의 핵심을 제대로 푼 사람을 만나보지 못했다고 하다.

*75세(1965년)

강원도 평창군 방림에서 농사하는 차남 자상自相을 자주 찾아가다.

*77세(1967년)

전주 땅을 구입하여 동광원에 기증하다.현재 소화자매원 전주분원이 됨

처남 김건표의 아내는 90세가 넘도록 장수했는데, 이 동광원에서 생을 마치다. 슬하에 자녀가 없었다.

*81세(1971년)

8월12일부터 17일까지 전남 광주 동광원 여름 수양회에서 수녀와 수사들에게 강의를 하다. 이전에도 매해 수양회에서 강의를 하셨지만 1971년의 강의가 마지막이었다. 이후는 일지만 기록하시다 침묵에 들어가셨고 92세 숨을 거두시기 직전 외침은 '아바디'223쪽 91세 참조였다. 이 강의는 처음이자 마지막으로 녹음을 했는데, 이 녹화물은 유영모의 육성을 들을 수 있는 귀한 자료로 지금까지 남아있다. 다석 유영모 마지막 강의는 2020년 12월에 동광원 문고판으로 『한 나신 아들』이란 제목을 달고 동광원 귀일연구소장인 평산 심중식의 수고로 세상이 나왔다. 이어 2022년 4월에 씨알누리에서 『므름 브름 프름』으로 출판되었다. 이는 온전히 육성의 말씀만 녹취하여 책으로 낸 것이기에 더욱 귀하다 하겠다.

*82세(1972년)

5월 1일 산 날수 3만 일을 맞이하다.

*83세(1973년)

7월 23일 영세농 송아지 사주기 운동약칭으로 '주는 운동', 창립자 조경묵의 초대회장으로 추대되었고 7년 동안 농가에 41마리의 송아지를

보급했고 농기구도 많이 지원하다.

*85세(1975년)

1월 1일 날짜만 써 놓고 20년간 이어오던 일기 쓰기를 중단이다. 사고력이 급격히 저하됐다는 증거로 보이다.

*87세(1977년)

6월 19일 독립문 근처 영천동에 사는 전병호를 만나고 싶다해서 아들 자상이 전병호 집으로 안내했는데 마주 앉아 말을 할 듯 하다가 끝내 입을 열지 않다가 집을 나오다. 류영모가 태어나고 자란 남대문 근처를 보고 싶다고 해서 자상이 안내하여 남대문 근처를 둘러보다. 이는 죽음을 맞이하는 출가를 하기 전에 태어난 시작점을 보고 싶었던 모양이다.

6월 20일 유영모는 혼자서 아침부터 집 근처에 있는 매바위 안골에 들어가 온종일 기도했다.

6월 21일 아침 해가 뜰 때쯤 한복에 두루마기까지 입고서 "나 어디 좀 간다."하고는 집을 나가서 이틀간 연락이 없었다. 톨스토이처럼 객사할 생각으로 가출했다가 23일 정릉 뒷산에서 혼수상태로 쓰러진 것을 이웃이 발견하다. 3일 간 혼수상태에 있다가 10일 만에 일어나다. 집을 나가 죽으려던 뜻이 이루어지지 않자, "주고 주고 다 주어버리고 목숨까지 주어버리는 것이 죽음"이라 하다. 맏아들 의상이 미국 갈 때 땅 팔아 주고 남은 돈을 구걸하는 이에게 노점상이라도 하고 살라 해서 뭉텅이돈을 주었는데, 이를 들은 사람들이 떼로 몰려오기도 했다. 둘째 아들 자상이 아이들이 무서워한다고 하니, 나머지 돈은 아들에게 주고 남에게 주는 일은 그만 두었다.

*88세(1978년)

5월 10일 함석헌 부인 황득순의 장례식에서 거리가 조금 먼 추도사를 했다. 기력이 약해지고 점점 말도 없이 만나는 사람들에게 빙그레 눈인사만 하고 지내는 정도였다.

*90세(1980년)

사람을 알아보지 못하다. 7월 31일 김효정 부인이 88세로 돌아가다.

*91세(1981년)

90년 10개월 21일 만에, 날수로는 33,200일을 사셨다. 2월 3일 18시 30분 구기동 자택에서 둘째 아들 내외와 둘째 손녀가 지켜보는 가운데 다석은 '아바디'를 부르면서 귀천하다. 아바디를 풀면 '아'는 아! 감탄사, '바'는 밝은 빛, '디'는 땅을 디디고 실천한다는 뜻이 들어있다. 아마도 마지막으로 하늘 아버지를 부르시면서 '다 이루었나이다' 하신 것 같다.

충남 천안시 병천면 풍산공원묘원에 모셨으나 계약 만료로 2014년 3월 지금의 '강원도 평창군 방림면 계촌리 1091' 대미산 자락으로 모시다.

큰 아들 의상은 미국 대사관에서 일하다가 미국으로 이민갔다. 둘째 자상은 세검정 초등학교 교사로 근무하다가 1960년 41살의 나이에 결혼하고 젖양 2마리 벌꿀 15통을 가지고 평창 대미산 자락으로 들어가 농사를 짓다. 이 아들이 농사지러 들어간 일을 매우 기뻐해서 해마다 여름이면 한 번씩 들러 며칠 씩 묵어가곤 했다. 막내 각상은 상선에서 통신원으로 근무하다가 일본에서 살게 되었다. 딸 월상은 결혼해서 딸 둘을 낳고 살았다.

참고서적 및 문서

『다석일지』영인본, 유영모, 홍익제, 1990

『동양사상과 신학』김흥호 이정배 , 솔, 2002

『나는 다석을 이렇게 본다』정양모, 두레, 2009

『다석 유영모』박영호, 두레, 2009

『다석 유영모』박재순, 현암사, 2008

아주경제 '정신가치'시리즈『다석 유영모의 재발견』편, 박영호 집
필, 이상국 증보집필과 편집, 2019~

용어풀이

1. 한글 모음 자음 풀이

"대한반도 한가운데 하늘 문이 열리고 모든 국민이 한글을 공부해서 내 속에 깊이 숨어있는 뜻을 온 세계에 펼쳐나가게 되었다. 하늘 문이 열리고 속뜻을 펼 수 있게 한 두 어른에게 진심으로 감사한다. 우리나라에서는 하늘에 올라갈 수 있게 되었고 우리의 글로 우리의 뜻을 펼 수 있게 되었다. 한국은 천국이요 한글은 천문天文이다."『다석 유영모 명상록』 3권, 김흥호 풀이,솔, 1998 여기서 두 어른은 이 땅을 세운 단군선조와 훈민정음을 창제한 세종대왕을 말함 .

ㅏㅑ→ 아이들아
ㅓㅕ → 어서
ㅗㅛ → 와요
ㅜㅠ → 우흐로우로
ㅡㅣ → 세상을 뚫고 곧이 곧장

가 → 내가 가야한다
나 → 나가마
다 → 모든 사람이 다 나간다
라 → 가쁨으로 나간다
마 → 어머니
바 → 아버지
사 → 살기 위해 나가고
아 → 알기 위해 나가고
자 → 자라기 위해 나가고

차 → 찾기 위해 나가고

카 → 크기 위해 나가고

타 → 구름타고 나가고

파 → 꽃을 피우기 위해 나가고

하 → 하느님 끝까지 나간다

기니 → 그리스도께서

디리미 → 십자기에서 자기 자신을 내밀어 바치는 것이

비시이지 → 보잊 않느냐

치 → 인류를 치켜 올리고

키 → 키워 올리고

티 → 그 좁은 속을 티워 깨치고

피 → 진리의 꽃을 피워

히 → 무한한 하늘나라까지 끌어올린다.

2. 숫자풀이

하나 → 한, 나누어지지 않은 큰 것

둘 → 맞우맞 둘

셋 → 세우섬

넷 → 네모

다섯 → 다 섬

여섯 → 이어 섬

일곱 → 이룸일굼

여덟 → 여둘업열에 둘 없는

아홉 → 없 한한 업

열 → 열리는

3. 용어 풀이

[ㄱ]

가멸 → 부富

가온찍기 → 「·」 나와 세상을 한 점으로 찍고 하늘을 향해 위로 솟아올라 잎으로
  나가는 것. 곧게 올라가는 것이면서 제게로 들어가 제게로부터 사는 것

계 → 거기, 절대세계, 하늘

고디 → 물질적인 탐욕, 유혹, 힘, 폭력에 휘둘리지 않고 하늘을 향해 하늘 길을 가는 곧음

고맙다 → 고만하다, 그만하면 됐다. 자꾸 더 받아서 될 일이 아니라 고만하라

그눌 → 다스릴

그르 → 두 번째

그르봄 → 두 번째 봄

그이 → 군자君子

긋 → 점點, 끝의 한 점, 하늘과 땅 사이를 잇는 점

글월→ 글은 그를 그리워하는 것, 월은 위로 간 얼

김 → 기氣, 성령, 힘

깨끗 → 끝까지 깨다

깬봄 → 철학

꼴아래 → 형이하

꼴위 → 형이상

끈이 → 끊었다 이음, 식사

끼니 → 끊었다 잇는다는 끈이에서 나옴

[ㄴ]

나 → 하나의 숨쉬는 점

나봄 → 자각自覺

나위 힘 → 능력, 위로 나아갈 힘

날 → 현상現想

날셈→ 산 날수 헤아리기

낮밤 → 낮은 낮은저 低 것 안에 있는 시간, 밤은 바라는망 望 시간

낸감 → 제도

누리 →세상

눈남→ 누이

는지름 → 음란淫亂

늙은이 → 노자老子

니마 → 하늘을 머리에 이다

닐름속 → 고백, 속을 일르다

님 → 주主, 머리에 이고 갈 임

[ㄷ]
더욱→ 더 위로
덜없다 →더럽다
덧 → 시간 덧없다
돼뷈 → 과학
등걸 → 단군檀君
땅구슬 → 지구

[ㄹ]
라므렴 → 자문自問

[ㅁ]
마침보람 → 졸업장
말언어 → 우리가 하느님께 타고 갈 말馬
말가름 → 논리論理
말미암아 → 그만하고 말아, 따라서, 그만두는 것,
말씀마루 → 종교
맘아들 → 제자
맘줄 → 심경心經
맞긋 → 종말
맨듬 → 창조, 맨 손으로 드러냄
맨지 → 접촉, 먼지
맨참 → 순수
무름 부름 푸름 → 물음을 물어서 입 안에서 불려서 풀어낸다
무름 부름 푸름 → 하늘의 본성, 하늘의 뜻 따름, 풀어져 기쁨을 누림
물불풀 → 땅에서 물 올라오고 하늘에서 불 내려와 이 땅위에 풀 생명이 자라게
　　　한다
모름지기 → 모름 참을 꼭 지키는 것, 반드시, 꼭
목숨불 → 인간의 생명
묵는다住 → 묶이는束 것

몬 → 물物

모름직 → 종교

돈 → 물질, 먼지에서 떨어진

뭉킴 → 협동, 힘을 모으다

미르 → 하늘을 오르는 용

밑일 → 기초공사

[ㅂ]

불이不二 → 상대적 유有도 상대적 무無도 아닌 것. 참으로 불이즉무不二卽無하면 상
　　　대 세계의 종노릇을 벗어날 수 있다.

바람울림 → 풍악

바탈 → 받아서 할의 준말, 성性, 얼, 천성, 근본, 하늘 뚫린 줄사명 使命

박월 → 의문儀文

불구슬, 우주의 작은 화로 → 태양, 해,

불소 → 지구속, 용암

비바람 → 빌고 바라는 것, 말씀

빈탕 →허공

빛골, 빛고을 → 광주

빛올 → 영광

[ㅅ]

사나이 → 산 아이, 대장부

사람 → 말씀 살리는 이

살림살이 → 살리는 일을 사는 것

살알 → 세포

살팽이 →사람

삶잠참 → 살아내고 자라고 참에 이른다. 땅에서 솟나 고난 뚫고 하늘 향해 나아가
　　　는 것이 참

성큼 →성하고 큰, 건하늘 건乾, 천天

소식 → 우주, 나

소식주 → 하느님

속알, 속알머리 → 속알맹이, 솟구쳐 올라가는 창조적 지성, 덕, 인간성, 인격, 신성,

하느님 형상
솟남 → 부활
숨줄 → 생명, 목숨, 호흡
실어금 → 실어갈 금
씨알 → 백성, 민
씻어난 이 → 성인聖人

[ㅇ]
아바디 → 아버지
아침 → 아 처음
아홉 → 아 없는
안해 → 아내
알맞이 → 철학
알짬 → 정精, 정력精力
어버이→ 업을 이
언 → 앤드
얼 → 영靈
얼골 → 얼이 든 골짜기, 얼굴 골짜기
얼나 → 깨달은 나
얼은 → 어른, 얼을 지닌 존재
얼빛 → 영광靈光
없가장, 없꼭대기 → 무극無極
엉큼 → 마하트마
여덟 → 열에 둘 없는
여름아비→ 농부
여름질 → 농사
열 → 열리는
예 → 여기, 상대세계
온 → 일백
온늘 → 오늘 온 영원이, 금일今日
올 → 리理
올사리 → 이치를 밝힘

움쑥 → 음陰

웃둑불쑥 → 양陽

읇이 →시詩

이튿날 → 이어 트인 날

이마,니마 → 하늘에 있는 신을 뜻하는 고대어. 이마를 지닌 인간은 향일성 식물처
　　럼 하느님을 그리워하고 찾으려는 본성을 자신 속에 지니고 있다는 사실

있가장 → 태극太極

잎글 → 엽서

[ㅈ]

자연 도심道心 → 천심天心, 일심日心, 지심地心, 물심物心, 인심人心을 총체적으로 움직
　　이고 실현시키는 것

잘 → 만萬

잘몬→ 만물萬物

제계 → 저 세상, 천국天國, 절대세계, 피안彼岸

제므름 → 자기 탐구

제소리 → 내가 나를 보았을 때 나오는 소리, 내가 나를 알았을 때 말하는 소리

조임살 → 죄罪

죽음 → 끝, 꽃,

줄곧 뚫림 → 중용中庸

즈믄 → 일천一千

짓삶 → 직업職業

짓수 → 예술藝術

짬잼 → 조직組織

[ㅊ]

철학 → 말씀을 종합해서 사람노릇하게 깨우쳐 주는 것

[ㅋ]

칼→ 갈고 갈은

[ㅍ]

푸른 → 나이 청년

피 → 피는 꽃, 불꽃

[ㅎ]

하이금 → 사명使命. 할 일을 금 긋다

하잖없이 → 무위無爲

한나, 한 나신 아들 → 대아大我, 하느님 아들, 독생자

한늘 → 우주宇宙, 하늘

한데 → 바깥, 우주공간, 막힘없이 확 트인 곳

한울 → 무한, 절대

한 님 → '한'은 한행 行 것. 한 것은 한 것으로 끝나는 것이 아니라 지금도 계속
          이어짐. 울은 한울님이 저 아래 계신 것 같지 않고 저 위에 계신 것 같아서
          위를 울이라 함

환빛 → 영광榮光

할우 → 하루, 하느님이 계신 우로 오르는 날

힘입 → 은혜恩惠

출처

『다석 유영모 어록』, 박영호, 두레, 2002.

『다석 유영모』, 박영호, 두레, 2009년. 95~96쪽

『다석 유영모의 동양사상과 신학』, 김흥호, 이정배, 솔, 2002.

참고문헌

『다석일지』 1권, 김흥호 박영호 서영훈 편집, 홍익재 편, 1990.

『다석강의』, 다석학회엮음, 현암사, 2006.

『김교신전집』 5, 노평구 엮음, 부·키, 2002.

『김흥호전집 1,2, 다석일지공부』, 김흥호, 솔, 2001.

『제소리:유영모 선생님 말씀』, 김흥호 편저제10권

『김흥호 사색시리즈』, 솔,

『다석 유영모의 동양사상과 신학』, 김흥호, 이정배, 솔, 2002년

『진리의 사람 다석 류영모』 상, 하, 박영호, 두레, 2001.

『다석 유영모 어록』, 박영호, 두레, 2002.

『나는 다석을 이렇게 본다』, 정양모, 두레, 2009.

『다석 유영모』, 박재순, 현암사, 2008..

『다석 유영모의 천지인 명상』, 박재순·함인숙, 기독교서회,

『다석 유영모의 철학과 사상,박재순, 한울, 2013.

『유영모와 기독교의 동양적 이해』 다석 탄신 101주년기념강
연,1991.3.9. 김흥호

『다석 유영모의 십자가 영성』 기독교 사상, 김흥호

『다석 유영모의 생애와 믿음』2015.10.8.이수포럼 발표, 심중식

『단지 말뿐입니까?』 함인숙 김종란 편집, 대장간, 2019.

『태양이 그리워서』 함인숙 김종란 편집, 대장간, 2019.

『성서 조선』 157호 1942년 2월호 33-34쪽

『오서오경독본 서경집전』,중, 주희, 이광호역, 전통문화연구회,
2018.

명대철학 1 : 심학心學의 대가 왕양명王陽明, suzhou8283의 블로그

매일종교신문 2016.3.30일자『동서사상을 아우른 '창조적 생명철학·종교·사상가' 다석 류영모』

한국일보 2008.10.6일자 「고종석의 사랑의 말, 말들의 사랑」중에서

동광원에서 1971년8월12일 마지막강의 중에서, 평산 심중식 녹취록

『성경전서』 새번역,

한국민족문화대백과사전

네이버 지식백과

다음 어학사전

민중 국어사전

다음 백과사전

네이버 한자사전

나무위키

위키백과

출처 소개

시의 출처는 『다석일지』 1권이하 1권, 『다석일지』 4권이하 4권, 다석강
의이하 강의에서 도움을 받았다.

1권

2권

3권

4권